相約三十
安塔Anta、君靈鈴、倪小恩、語雨　合著
Family Sky
天空數位圖書出版

目錄

冬季裡

文：安塔 Anta

這間租屋處還是一樣，房仲告訴我們這裡約莫十坪左右，我們以為是房間裡面約十坪左右，如果是十坪的話，那對我們目前來說真的很夠，以每個月價錢不到一萬塊來說，畢竟它還是新的，然後它還有一個流理臺，很好，算是從來沒有看過這樣的，杜常興他也還算喜歡，雖然他後來住了之後並沒有表示非常喜歡，像他這麼挑嘴的人，可以吃自己做的飯，他就少了機會再去批評其他人的手藝了。

我也知道我原本那份工作是不會做太久的，說起來我並不會討厭那份工作的，自從畢業以來，我跟杜常興就在想我們會依照自己所學的科系，從事未來的工作嗎？這是沒人知道的，我們想要嗎？我們確實是有想過要的。而誰知道明明我們是朝著自己所想要的工作去投遞履歷的，可惜各個公司的老闆或是人資並不把我們看在眼裡。

我們並不想搞懂他們在想些什麼，儘管搞懂他們也沒什麼意思，那有點像是不想搞懂這些愚蠢至極的人，那對我們來說真是一點也不重要，我想我們要把時間用在其他地方。

沒辦法這個人的肉體還是要運作，就是這麼麻煩的身體，即便我們現在找不到能夠生存的地方，我們依然還是會任性的活著，任性的四處奔跑，不願停留在任何一處，不是真正的不願停留，而是在找一個真正屬於自己的地方。而從來我們都不會害怕失去，因為我們本來就一無所有，我們是知道的，從什麼都沒有開始吧，一切都能夠捨掉，一直捨掉一些本來就不是屬於自己的東西。

天氣漸漸的轉涼，十一月，還感覺的到太陽的溫度。我看著筆電上的工作資訊，我下一站要到哪裡，此刻我還沒有答案，只是這次我很清楚我的方向，我並不害怕找不到下一站，太感恩的是我知道我現在要的是什麼，還有我手上是有選擇權的，我還在做選擇，選擇一個我的目的地，然而，這個目的地，它必須讓我明確的知道，我在這裡會有收穫的，我知道我必須看到這個，我才會真正地做出一個決定。

我記得那天的下午，我是還在漂泊的船隻，這通電話，它像個燈塔，忽然地出現在我眼前，而且是以一個非常耀眼的模式出現，它似乎是有某種明確意圖的，可是我卻無法判斷它究竟是什麼意圖，應該是說，我的資歷不夠，我看的燈塔還不夠多，所以我認為眼前這個燈塔可能會是我的目的地，它太耀眼了，雖然讓我卻步，可是偏偏我又喜歡這種有點危險的地方，也可以說，我好像沒有太多的選擇，後來我知道，那是其他的燈塔不夠耀眼的關係，還有我不夠聰明的關係。

「喂？」

「請問是方采琳嗎？」

「嗯，對。」

「你現在還有在找工作嗎？」

「嗯，有。」

「我這邊是明華保全，有聽過嗎？」

「嗯？」

「我們現在有在找業務人員，你對業務性質的工作有興趣嗎？」

「有。」

「我們現在的系統都是新的，都是用物聯網的方式，主要會去外面做開發，拜訪店家找客源，獎金的話，看自己努力程度，假如你月收要領一萬也可以，像我們有人員月收底薪加獎金會領到七萬到八萬都有可能。」

他的聲音聽起來低沉，沉穩，有磁性，除了杜常興以外我似乎再也沒有聽過有第二個人有這樣的聲音，我當下的判斷，我感覺這樣的聲音會是一個有責任心的人。

前往明華保全的路上有些不安，面對一個中年男子，還有一間五十幾年的大公司，對於未來我不知道我的選擇是不是正確的。我會有所擔心，那可能是我不夠確定自己想要的是什麼，或者另一個說法是，我本來就不會知道明天會發生什麼事，為什麼我要擔心呢？有誰可以掌握每一天會發生的事，無論發生了什麼，就去面對吧。

下午三點半過後，我一路往北騎，明華保全分公司離我住的地方不算遠，這裡離我住的地方雖然近，不過我對這裡卻一點也不熟，有時候不熟悉可能也是因為這邊沒有認識的人，所以才會不常來。眼看就快要四點了，我還沒有找到停車的位置，在灣島市區內停車真是不容易的一件事，我放棄了在明華保全分公司附近的停車位置，騎到了遠一點的地方，找到一個希望不會被開罰單的位置下車後，我就用步行的方式到明華保全。

穿過馬路後，就是永吉商業大樓了，白色的牆壁與藍色的窗戶，這樣的外觀搭配還算和諧的，只是二到四樓是粉色外觀牆，看上去有些突出。在門口先走幾步階梯才會走到一樓大廳裡，一進去就可以看見警衛室，一般在灣島的商業大樓裡面都會有警衛室，再往前我按了到五樓的電梯。

到了五樓，玻璃門裡面的辦公室就是明華保全，隔壁有一間在教跳舞的教室。明華保全這裡設有門禁，看起來滿高科技的，我按了門鈴等待有人幫我開門，門響後，我走了進去，看見辦公室是沒有隔板的，位置滿多的，只是在辦公室裡面的人不算多，似乎人員都在外面。

我走到一位胖胖有年紀的女人前面，她的雙手被繃帶包住，不知道什麼原因會讓她的手變成這樣，我告訴她我是今天要來面試的。

「我是方采琳，今天要來面試的。」

「好，我拿個東西給你。」

她站著，剛剛正在跟後面的人講話，不知道是不是在聊天，感覺上有什麼緊張的事。她看到我好像有點驚訝，對我笑了笑，然後拿了一張面試要寫的資料給我，跟我說可以坐在那邊的位置。

我看到這裡的人好像都是上了年紀的人，大概是四十歲以上的感覺，看不到跟我年紀相仿的人，不知道為什麼讓我有些緊張，我坐在前面的位置，這位置應該是給訪客坐的位置，很拘束的一個位置，太讓人壓抑了，令人想要趕緊離開。填好了資料我就坐在椅子上等待，通常一定會去某間會議室跟我以後的主管面試，不過等得有點久，面試的時候我最討厭就是等待，我討厭他們浪費我的時間，那讓我感覺到不被尊重。

等得漸漸失去耐性的我，我就會想這個地方絕對不來了，有了這個念頭出來，我看到剛剛走出去的那位男人，再次走了出來。他本來從外面回來後就進去他的辦公室了，他剛剛走出來時，我看了他一眼，是一個有點不屑的臉，看上去有些囂張，但感覺他是有責任感的中年男人。

這個男人再次從裡面走了出來，他沒有說話，拿起我剛剛寫好的資料就往裡面走，我想他就是打電話給我的那個男人嗎？不過我的直覺告訴我，感覺好像不是他，不然他為什麼要讓我等那麼久，他明明一直在辦公室，然而我覺得他是某位主管，我當然也就起身跟在他後面了。

到了這個中年男人的辦公室後，他坐在他的位置，看上去很威風，他的臉就是這樣說的「我是個威風的人」。講起話來還滿有精神，比手畫腳的樣子，非常的有活力，後來我才知道像他這樣的男子，會在意在人面前是否有個好榜樣，尤其是在女性面前，這關乎到他的面子。只是他沒告訴我他是誰，他的職位是什麼，我猜測，在這裡，他的職位肯定不小，因為他有自己一間辦公室。

在世界爆發疫情期間以來，灣島還不算嚴重，不過大家還是必須要戴著口罩，不過眼前這個男人竟然連口罩都沒戴。

「自我介紹一下吧。」他笑的開心，不知道笑些什麼，總感覺老一輩的人，看見比他年紀小很多的人，總會那樣笑。有點像是看見新鮮的事在笑，或者像是看到小動物覺得可愛在笑，通常這樣子的笑容很難呈現在他們同年齡層之間。

「我叫方采琳，上一份工作在谷蠻股份有限公司工作，任職業務人員，主要工作內容是陌生開發，會外出拜訪客戶，也會用電話開發拜訪客戶，不論是現場報價或是電話報價，都有成交的案例，曾經在我離職的時候，當我告訴我的其中一位客戶我要離職的時候，他說沒有我就不跟我們公司合作了，讓我很感動。」

「所以，我覺得現階段我還是非常熱愛業務工作，相信自己未來一樣可以在業務圈得到意想不到的收穫。」當我一邊講著的同時，看到他一直笑著，我並不覺得我講的內容那邊有趣或是好笑，不過我很清楚知道我自己想要的是什麼，我自然不把他笑的模樣當作一回事，只管我自己想要講些什麼。

「你知道我們在做什麼嗎？我們這個工作很辛苦喔，需要到外面去找客戶，要到外面去做拜訪喔，不過辛苦歸辛苦，如果你有努力會有收穫的，獎金就會不錯喔！」

「像我都覺得他們在跑都太混了，這裡有一個男生他做了兩年，薪水每個月到四萬，獎金基本上有一萬，但他做了兩年才這樣，他都快要結婚娶老婆了，還不多努力點啊！」

「像他就常常被我唸啊！你們課長也常常唸他啦！來這邊工作就是要來賺錢的，自己有認真跑，就會有收穫的，公司有很多獎金啊！都是看自己要不要的，像那個誰上個月就領到獎金六千多啊！這獎金是實拿的喔，公司沒有給你打折的，公司都希望員工來這邊工作一定要賺錢的！」

很少看見中年男子很白皙的臉，一般都會有些黝黑的，我在猜他也許很少曬太陽，或是他的家庭天生就是偏白的膚色。

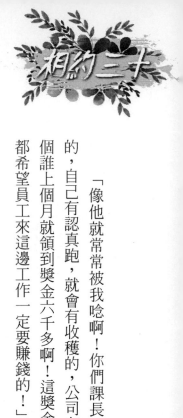

他從原本坐著到後來站了起來，一直都是笑嘻嘻的，然而，我還是不知道他的職位是什麼，他講得開心，儘管他獨自一人開心，絲毫不需理會眾人的眼光，這樣大膽的人，是很有男子氣概的，我也少見到這樣的長輩。讀書時期，會遇到的男生，一般來說，我總覺得有些幼稚，不覺得他們可以稱得上是男人，也不曉得為什麼班裡總會有幾個男生喜歡唱反調，喜歡鬥嘴。

比如說看到女生的衣服有點髒，就大聲又故意的說「ＸＸＸ昨天沒洗澡，好髒喔！」諸如此類的說詞，令女生感到不知所措與氣憤，似乎是他們的樂趣。也許因為這樣，當我看見一個沉穩和安靜的男生，便容易吸引我，這種類型的男生，存在我的世界裡變成為了一種特有種。

眼前這個男人很自信地講了又講，我看著他講話的口吻與神情，讓我又想到真像在電影中看到的某些流氓，這樣講好像不太好，不過真相卻是那麼真實，光看他的外表我可以評估他大約是一百七十五公分左右，實際上看起來蠻高的，可能是因為他的體格關係，偏壯，這樣的男人身材在灣島也算有一部分。

從他起身後，我便跟著他起身，其實他忽然起身，我是有點嚇到的，因為還沒遇過有面試官會這樣起身，而且還慢慢走到你的前面，也是在這間辦公室比較大的關係，我坐的地方，其實離他是有些距離的。

忘了他起身後便說了多久的話，不知道過了多久時間，又有另一個男人走了進來。

「你是跑去哪裡？你自己跟人家約的時間，你自己還忘記，看人家來這裡等多久了！」剛剛與我談話的這位男子，講著一口道地的灣島腔，他一見剛進來這位男人便大聲對著他嚷嚷，而那位男人，應該是尷尬地笑了笑，見他雖然戴著口罩，還是看得見那眼神在傻笑著。

「好啦！采琳你自己回去再評估看看。你送人家離開啊！」他對著我講話眼神與口氣馬上變得溫和，然後講完又對著那位男人嚷嚷。

我猜，剛進來的這個男人應該就是打電話給我的那個人，他的體型再比對著他嚷嚷的男人偏矮一些，不過也算是壯，他們的體格以四五十歲的男人來說，還算是滿標準的身材。後來他轉身離開，我也跟在他後面離開。

大門口離這間辦公室有段路，這裡雖然隸屬分公司，辦公室也算是挺大的，我看著這個男人的背影，我在想他可能已經五十幾歲，跟我爸差不多年紀了吧？見他走起路來還算敏捷。到了電梯門口，我要離開時見他沒講話，我看著他打算示意我先離開了諸如此類的話，還沒開口，他便淡淡的說「我沒什麼，就是很會講而已。」他眼神裡再次透露著傻笑的神情，感覺挺自豪的。

我搭電梯離開之後，總覺得有些奇怪，感覺自己應該不會來這邊上班吧，帶著這種心情離開。看見一個上了年紀的人被一個上了年紀的人唸，那樣子的情況還是我第一次看見，就像看日劇時即使自己本身已經是高階主管，還是會被公司更高層的那樣對待，甚至一些不好聽的說詞也有，總覺得那樣子對當事人來說是很慚愧的一件事，不過，正因如此，如果說當一個小職員犯錯了，似乎就不至於那麼羞愧了。

最後要搭電梯離開前，那個男人講的話也令我印象深刻，甚至覺得有些詭異，可能是那種不按牌理出牌的感覺，或者是說他忽然地講這個話，也令人不知道怎麼接下去，無論是什麼，也許覺得不像是一般人會講的說詞，假設是一般人，應該說個拜拜就夠了，或者說一些工作內容之類的等等，總而言之，這種奇怪的說詞倒是第一次聽見。

「下午我去面試的那間公司，總覺得有些奇怪。」我跟杜常興晚餐一起在街邊吃著小吃，這一條街晚上總是很多人，我們也都覺得確實這一條街的食物算是比較好吃一點的。

「嗯？哪裡奇怪？」杜常興看著我。我們點的食物還沒來。

「我想他們兩個應該都是主管，不過今天那個人在我要離開搭電梯前，他就忽然說我沒什麼，就是很會講而已。你不覺得這樣很怪嗎？我現在才覺得這樣的人其實還蠻囂張的，雖然也算是自信的一種。」我說。

「如果覺得奇怪，那就別去了。」杜常興說。

「但是我覺得，會講這種話的人，表示他是有他的實力的，他一定有他在業務上的優勢，假設我在這邊可以學到這裡每個前輩的優點，也許未來我在業務上就會更游刃有餘了。我是這樣想的。」我說，我們的食物也來了。

「先吃吧。」杜常興說。我們各自安靜下來，吃著剛上桌的食物，我們都不太喜歡吃冷掉的食物，尤其是他，若是讓他吃到冷掉的食物，嘴裡肯定吐不出好話，開始要嚴格批評一下這間店家到底是怎麼出來開店的了。

晚上大約七點左右，我們已經回到租屋處樓下，下車走了幾步路，我的手機就響了。

「今天你來，經理有說什麼嗎？」是那個奇怪的男人打來的，我覺得他問我這句話也很怪，我心想難道他沒有跟你說嗎？應該是你們要討論吧，怎麼會問一個外人呢？這時我便知道下午那個坐在辦公室裡的男人他原來是經理。另外，我也是第一次遇到有人會在這個時間點打電話過來，而且還是用公司電話。

「就是說一些工作內容的部分。」我說。杜常興看了我一下，見我還在講電話他便先上樓了。

「那工作內容你都知道了嗎？」他的聲音有些低沉，而且講話速度還滿慢的。

「大致上知道。」我說。

「你之前有做過類似的工作嗎？」他說。我再把下午跟經理講的內容，大致上差不多的部分再說一遍，雖然覺得有點煩，還算是有耐心的說完。

「嗯，那等你好消息囉。」他說完電話便掛了。也是讓我覺得蠻詭異的，心想這個人講話有些怪，不過是以一種不是很直白的話語在說著，一般真的很少聽到這類似的話，但是以我的家鄉來說，很多人也都是帶著這般隱喻的話，所以我大致上還算習慣的。

他的說詞裡，並不會有過多的詞彙，是以一種簡單讓人一聽就懂的話在告訴你，就以這麼簡短的話來說，口氣就滿重要的了，有時候口氣的拿捏，會影響到你帶給別人的感覺。

在上一刻，我還在跟杜常興講今天面試的狀況，其實我當時雖然是那麼說，但還是沒有一個肯定，並不確定我是否真的會去這裡上班的，不過看來這通電話促成了我往後到明華保全上班的關鍵。

有時候當自己遇到不確定的事時，再之後遇到某些情況，似乎就會推著你走，讓你去做出某種決定，就像今晚這通電話一樣，即使我還不確定是否要到明華保全，在他打電話來時，我一定都是會以積極認真的態度去做回覆的。後來也有因為這間公司也算大，心想在訓練上，人員上也會比較多，多跟前輩學習也是很好的，這樣的心態到明華保全報到了。

報到的第一天我還是有些緊張的，我坐在前面等了沒多久，那個男人就走了過來，見到他我便知道他應該是要帶我到我的位置，果然沒錯，走了一小段路，他就告訴我，這裡是你的位置，再過了幾分鐘之後發現有些人都起身，後來才知道他們一早都要開會的。

「今天有新人報到，采琳你先自我介紹一下吧。」那個男人坐在最前面，在會議室裡，加上我總共五個人。

「我叫方采琳，之前也有從事過業務工作，請大家多多指教。」我說，那個男人蠻嚴肅的，但我說完後他稍微笑了一下。

我說完，他便開始講著一些我聽不懂的東西，開始一一詢問每一個人的案件，看來應該是在釐清一些案件的進度，不過有趣的是，我見到那位坐在我斜對面的女人，他的年紀看上去應該有六十歲了吧，他的神情，似乎滿不悅的，那也算是不屑的神情。

過了一段時間，這個男人他說他要去開會便離開了，到了九點我們也離開會議室了，對這裡的印象就是開會還滿嚴肅的，不過我見到我的新同事卻感到滿有趣的，雖然只有一位同事還算年輕，另外兩位年紀也都滿大了，大概都可以當我爸媽的年紀的，也許因為沒有遇過這樣年紀的業務同事，我才感到有趣吧。

21

到了接近十點左右，公司的人漸漸離開辦公室，我也在想他們不知道都去了哪裡，後來那個男人走到我的位置跟我說，我就先看看公司的資料，他就出門了，這個男人我終於知道了他的職位，因為我聽到有人叫他課長。

下午午休後一個小時左右吧，也見他們又出門了，我也是一直在位置上，後來那個經理忽然叫我，要我到大型會議室看看公司的影片，便告訴我有關一些公司的歷史過程，他笑嘻嘻的說著，基本上都是說一些公司的豐功偉業，還有強調這間公司有多大間，他還笑著說他以前是從最基層做起來的。

然而，其中見他不太會操作電腦，影片似乎有播放問題，他大喊了一下，叫了一個人進來幫他處理，有點像似在叫小弟那樣的，因為他時常把手插在褲子的口袋裡，難免看上去有些囂張的姿態。

被他叫來的那個人，也是一個中年男人，他面無表情的在處理影片，而經理則是雙手交叉放在胸前對他一副指責的樣子，這間公司看樣子就是上下階級很重的，他一下子就把影片處理好了，經理對著他講著灣島話，那口氣完全就像是黑道老大對著小弟在命令，一處理好他也就自動自發的離開。這裡的人要認出誰是主管簡直太好分辨了，只要不是主管，你便不能有太多的自己跑出來，也就是你不能夠有一種你是老大的樣子呈現出來。

「你看，這是我們公司之前在訓練的時候，都是要這樣訓練的。」經理看著影片笑著說，他彷彿還活在過去，不戴口罩的他，這種很自傲歷經許多故事的身影，讓他顯得很可靠，就像經歷很多人生百態後，絲毫沒有對誰留戀過一樣，這樣的瀟灑，有些迷人，而他雙手習慣性的插在褲子的口袋裡，他似乎習慣不是將手放在口袋，不然就是把手放在胸前交叉，也許這樣能更快讓人辨識誰是這裡的老大。

「你慢慢看，這個影片很長啦，你如果想看其他這裡還有很多喔。」他說完便離開了，只剩我，他對我講話聲音總會放輕許多，難得看起來多了一份溫柔。

接近下班前的兩個小時左右，一位高高的男人走進來辦公室，走到我的前面位置，經理也走了出來。

「經理好。」他竟然對著經理鞠躬，笑得燦爛。

「老師好。哈哈，等等再麻煩你了。」經理也笑了笑，然後拍拍他的肩膀。

「沒問題的。」他回答。

「我是負責教育訓練的，可以叫我大成哥。」他遞了他的名片給我，對我微笑。

「等等我會幫你上課喔，在業務用的會議室。」他笑著說。

「喔？在那間嗎？」我看了一下今天早上開會的地方。

「對呀，那間是業務用的會議室，業務開會都是在那間會議室。」他親切地說。

在會議室裡，他拿著他的平板，問我有沒有看過這個東西，他用他的平板畫圖給我看，我說這是室內設計的圖嗎，他說也類似，我看他畫的很快，而我覺得有些吃力，他講了很多這工作之後要用到的工具，他告訴我，你先習慣這個，之後有案件進來，畫圖才能畫得比較快。

約莫一個多小時吧，他就說今天先到這邊，問我覺得還可以嗎，我笑了笑，跟他說感覺好難喔，你畫得好快，他笑著說畫久了就可以跟我一樣快了呀。

後來我走回我的位置，見到課長回來了，他跟大成哥看了一下我，然後他們再對看，笑了笑。

「你看你們課長對你多好，第一天來就馬上讓你教育訓練。」經理對著我講灣島話，我笑了笑，不知道要說什麼好，心裡想著，這樣有什麼好的？不是本來就應該這樣嗎？

他們應該知道我在笑吧，即使我是帶著口罩，我看了一下課長見他笑得開心，而我心中只是覺得這些無聊的人，不知道有什麼好開心的。

大約到了快下班時間，見他們都還沒離開，總覺得奇怪，不過後來經理就跟我說沒什麼事，就先回去吧。到了樓下看見課長跟大成哥坐在一塊，而課長還吃著零食，他們笑著示意跟我道別，我沒說話，只是微微笑然後離開。回家路上我心想五點半下班時間他們都還沒走，大概這間公司下班時間是很不準時的，覺得自己大概要再來找其他工作了。

「他在這裡就不知道要幹嘛，你一直讓他在這。」隔天下午經理說著流利的灣島腔，對著剛回來的課長吼道，而課長則是一臉錯愕，然後他們就一起進了經理的辦公室，隔了沒多久就出來了。

「等一下一起出門嘿。」課長從經理辦公室出來後跟我說，總覺得他臉色有些沉重，大概是長期被這樣對待了吧。

走到樓下他跟我說要載我，讓我覺得有些奇怪，也讓我感到不自在，也許是我太少被男生載了，況且我已經跟杜常興結婚了。

「你知道為什麼要載你嗎？在西區分公司的分界你還不熟，這樣跟你說你也比較好知道在哪裡。」課長把頭往左扭，好讓坐在摩托車後方的我，聽得見他的聲音。

在灣島的路上，汽車和摩托車都很多，一路上他還蠻安靜的，沒什麼話，讓我有些緊張，因為我也不知道為什麼要這樣出門，更不知道這樣怎麼找到客戶，覺得奇怪的也是這樣，沒人跟我說為什麼要出門。

「這種的就可以進去問問了。」經過一間房子的時候，他這麼說。

「你好，我是明華保全。」停下機車後，我們走了進去，裡面有一位約莫三十歲上下的女人，課長走上前遞了名片給她。

「請問有什麼事嗎？」那女人似乎感到不悅，看著課長對他皺了一下眉毛。

「你們這邊以後是要做辦公室嗎？」課長說。那女人沒有回應他。

「你們這邊感覺滿危險的，會不會擔心有小偷？我們可以幫你們裝保全系統，現在我們都是用物聯網的方式，很方便。」課長說到一半就被打斷了。

「不用了，謝謝。」那女人很快就打斷課長。

「你們之前都沒有想過要安裝保全嗎？我們保全系統是二十四小時的服務，像你們這種窗戶就可以在這邊安裝防盜系統。」課長似乎沒有因為那女人的拒絕而退怯，反而更有自信的說著，甚至還走到窗戶邊，用手指著哪邊可以裝防盜系統。

「不用了，謝謝，我們不需要。」女人似乎比剛才更不耐煩。

「有需要再聯繫我們。」課長見狀也退下離開了。

「像這種的就可以進去問問，搞不好有幾會，做久了你就會知道哪一些比較有可能做保全。」課長一邊帶著他的安全帽，一邊跟我說著。

後來他又陸續拜訪了幾間，結束其中一間店的時候，他在門口說「你們經理就這麼急，我就想說你就先在公司裡面，看看資料，慢慢來，他就這麼急。」我看著他也不知道要回應些什麼。

「你覺得有需要這麼急嗎？應該不用吧，這麼急會有效果嗎？這樣有效果嗎？也沒有效果啊。」在路上，又對我說了這些，我也是笑了笑，他可能沒看見，因為我是坐在後座，我還是不知道要說些什麼，我也不知道他跟我說這些做什麼，面對一個主管說的這些話，我還真的不知道要回應什麼。

在這邊上班的第二天讓我覺得怪異，於是我在第三天一下班，我就到了另一間公司去面試，面試的這間公司是在做出版社的，就是學校的教科書，心想應該還不錯，結果到了他們的公司，看到他們的辦公室，實在是太糟了，比明華保全的環境差了一大截，那種鐵皮屋裡面又暗又黑的感覺，會讓我覺得失去鬥志，很快我就打消念頭了。

當天跟面試官也算聊得不錯，可是誰知道這主管知道我不常開車，就認為我這樣不太適合，就這樣我也不是很想到這邊工作，還是只能先在明華保全了，心想也許在明華保全可以學到我想要的技能吧。

「大邱，你今天跟采琳一起吧。」剛開完會經理就走出來這麼說。

「好。」大邱說。

「采琳你沒有穿外套喔，會冷啦，你要穿外套，大邱，你也要穿外套啊。」我跟大邱走到樓下，就看見經理坐在一旁抽著菸，讓他顯得更加滄桑，不過他見到我們好像笑得滿開心。經過經理旁邊時我對著他微笑示意。

「我的安全帽在那邊，我先去拿，你要騎到前面等我嗎？」我對著大邱說。

「可以啊。」大邱說。

「你怎麼會想來這裡做業務啊？」在路上，大邱這麼問我。大邱戴的安全帽有點小，看起來這安全帽就像沒有發揮保護的作用，可能是因為他的身材關係，我想他大概是一百七十五公分左右的身高，加上快一百公斤的體重吧。

「我之前也有做過業務啊，其實原本我是做內勤的，只是覺得內勤的薪水都是固定的，才會想轉業務試試看。」我說。

「你之前有做過業務？」我問他。

「我之前喔！我之前只有做過電信局電話開發的業務。」大邱說。

「喔，那你在這邊做很久了嗎？」我說。

「我在這邊也算久了吧，兩年多。」大邱說。

「我等等要先去一下客戶那邊。」大邱說。

「喔，好。」我說。

「不知道為什麼經理會叫我跟你一起跑，應該是要跟課長一起跑啊。」大邱說。

「如果有新人來，通常也是跟課長一起跑嗎？」我說。

「對啊，通常都是這樣，好像也沒有跟我一起跑過。」大邱說。

大邱這個人讓我感覺是個很聽話的人，好像是沒什麼情緒的人，也像是個不太容易生氣的人。

到了大邱他說的客戶那邊，我就跟著他，看他在幹嘛，這是一間在裝潢中的店面，裡面還有一些工人在忙著裝潢。大邱走到裡面跟裡面的人講了灣島話，見到安全帽扣子拆了，可是卻還戴在頭上，讓我感覺不是很美觀。裡面施工的噪音，讓我覺得很吵，見到大邱拿起手機，拍了幾張照片。

「你在看施工進度嗎？」我說。

「對啊，要看一下拉線進度。」大邱說。

「好了，這樣就可以了。」大邱用完手機後這麼說，我想他是在回報一些工作事項吧。

「我現在要帶你去哪裡跑勒？我要想想現在要去哪裡。」大邱走到他的摩托車邊這麼說。

我們離開了剛剛那裡，大概到了市區外圍，我們才又有了對話。

「課長都會怎麼跑啊？」大邱說。

「他就繞一下，就一直下車拜訪」我說。

「課長會一直拜訪喔？」大邱說。

「會啊，你沒跟課長跑過嗎？」我說。

「以前是有啦，但現在又比較少了。」大邱說。

在快要回去的路上，我問大邱大概什麼時候可以自己開始跑，以及在這份工作之後會遇到什麼事，他告訴我之後也會有考試，也跟我說可以想想自己是不是真的要待在這邊工作，即使要離開也沒關係。不過在當下我早已確定，如果能在這邊跟這些前輩學到經驗，再離開也不遲。

「采琳，等等先去綠豆湯店那邊。」我們開完會後，課長在辦公室外面跟我說。

路上坐在課長的機車後座，還是覺得挺彆扭，可能是他還蠻沉默的，或者是我平常也很少機會跟中年男人有這麼近的距離吧，我希望他會跟我說多一點有關工作上的事，就像是我所認知的老人家那樣嘮叨，那樣滔滔不絕的說自己在工作上的經驗或者是故事，用一副自己經歷大風大浪很了不起的模樣，只是他並沒有。

他如此沉默，沉默得讓我不禁想像他在家裡的樣子是否也是這樣的嗎，也許他就是這麼沉默的一個人，看上去似乎有些哀傷，不知道這輩子他到底經歷了哪些事，讓他的背影看起來很沉重。我在後座看他的肩膀，很厚實，好像可以承受很多重量似的，他的肩膀與後背都很厚實，可能是太安靜的關係，害我不由自主的觀察起他，不過還是怕被發現，所以只能在他的雙肩偷偷看幾次，視線再回到路邊的行人。

「阿姨，我們課長來了，這是我們課長。」大邱已經在綠豆湯店裡了。

「喔！課長，你好，我剛是在跟他說，看我們這邊監視器要怎裝比較好，我們是想說外面跟裡面都要裝。」這老闆娘大概是六十幾歲了，不過聲音還是很有活力，講話還挺大聲的，纖細的身材留著一頭捲髮。

「老闆娘你好，那你這邊要裝螢幕嗎？」課長的聲音慢慢的且低沉。

「我們樓上是有螢幕啦！你們能幫我們牽到樓上嗎？」老闆娘說。

「我先幫你看一下。」課長說。

課長在店裡面看了一下，又到外面看了一下。後來我們都在店裡的位置坐下，老闆娘熱情的招待他的蓮子湯，她告訴我們她的蓮子湯非常好喝。

「你們課長很正直，很正氣。」老闆娘用一種肯定的語氣說。經過他們剛剛的互動，沒想到課長已經取得老闆娘的信任了，這也讓我看到課長厲害的地方，不過我心裡又會覺得，這也沒什麼，本來就應該這樣了，畢竟他是我主管。

當課長脫下口罩的那瞬間，老闆娘突然笑得更大聲「我就說你們課長很正氣，你看，脫下口罩一看就很正派。」我心想總覺得很誇張。

「慢慢喝啊，如果想喝還有呢！」老闆娘很熱情地說。

只見課長還是沒什麼太大的反應。「老闆娘，讓我跟你說一下這邊我們可以怎麼規劃。」課長開始跟老闆娘討論要怎麼規劃，而我在一旁看著他們的互動，總覺得老闆娘似乎遇到喜歡的人似的，總是笑得不停，面對課長說的部分，總是說什麼都好。

課長依然挺淡定的，對於老闆娘一直稱讚課長，讓我心裡一直跑出真是誇張的想法，一點也不覺得課長哪邊有什麼魅力，反而覺得真噁心。不過在某一個時刻，課長在思考的時候，眼神忽然轉向一邊，從我的位置看過去，這才發現課長的眼睫毛很長，我心想哪有一個中年男人有著雙眼皮，眼睛大大的然後又眼睫毛那麼長的。

隔了一週後我就自己跟課長說我想要自己跑，於是我就自己騎我的機車去跑，在跑了很多間之後，我是盡力地讓自己保持著熱情，在一間一間店面拜訪的時候，我也知道這工作也是很不容易，在下午課長傳訊息給我，問我在哪，要我把地址給他。

跟課長碰面後，他就帶著我跑，只是跑了沒有多久，他就說他收到訊息要先去忙，在與課長快分開的時候，課長示意我去拜訪一間正在裝潢的店家。

我將機車停好在一邊，很快的就上前拜訪，我找到了老闆。與老闆談論一下，老闆也表示可以來幫他規劃，因為當時我還不是很熟悉作業流程，很快打電話給大邱，老闆也跟大邱聊了一下，我就開始在現場畫圖。

「不錯喔，你自己跑到的？」大邱說。

「剛好課長離開，他也有看到這間。」我說。

「我畫好之後，回去再畫圖嗎？」我說。

「對，就是要畫在平板上。」大邱說。

當天晚上我就在畫鐵工村的圖，由於保全規劃都需要畫圖在平板上，然後再把它畫出來，是我很不喜歡的地方。因為我畫得不是很熟，所以也畫得非常慢，大邱也在一旁教我，畫完的時候自己也蠻生氣的，想到當時課長都是說五點半左右下班，我畫完圖的時候其實已經七點多了。

我離開後到了公司樓下，便看到課長跟技術課的同事坐在那邊抽煙聊天，讓我感到非常厭惡。

「呀！穿得很漂亮喔！」課長忽然用灣島話大聲的說，還跟旁邊的人說「你看，他穿得這麼漂亮！」我更感到厭惡，並沒有打算跟他打招呼，走到下面經過課長旁邊時他說「我之後再教你畫圖」他突然淡淡的說，好像感受到我的不滿，讓我有些驚訝。

回家的路上想到課長之前說會五點半左右下班，就非常的不開心，從這天起對課長這個人失去了信任，也想到果然當初的直覺是對的，這個人果然不能信任。

「今天要報哪間？都沒有方向？人家米琳一來就找到案子，可以去報價了！你們是在幹什麼？我看你們這些男的，今天再沒有找到，明天全部去穿裙子！」經理忽然在我們開會開到一半時走了進來，口中一下講灣島話，一下講國語。

看著每個人都很安靜的沒有講話，直到經理離開。

下午我與課長到鐵工村報價，一到現場鐵工村老闆跟課長見面，兩人似乎聊得不錯，看到這老闆還在輕拍課長的肩膀，見他們聊得不錯，是一個很好的開始，只是我對於課長這個人並沒有感到好感。

課長與這個老闆聊了沒有多久，課長就拿出報價單跟他說明，看起來他以前工作的餐廳也有裝過保全，對保全系統也蠻了解的，見他們聊天過程，這老闆提到我跟大邱，都說我們是從外地來工作的，要給我們年輕人機會，很快的他就簽名了。

他簽名的時後，我看到課長的眼神在笑，不知道為什麼雖然成交了，是應該會很開心沒錯，但當我看見課長的笑的眼神，我心裡也是感到厭惡的。

回到公司後見到課長跟經理很滿意的神情，只是我並不覺得開心，我覺得他們都太過誇張了，應該是說我沒有很喜歡這種高調的感覺。

「要畫這棟嗎？」我說。

「對，這一整棟。你可以嗎？」大邱說。

「我試試看吧。」我說。

我跟大邱在公案陳博醫師住宅畫圖，我畫圖還不是很熟悉，所以大邱陪著我，只要一有問題我就問他這裡有四樓再加一層地下室，我畫得很吃力，也畫很久，等等還要去跟課長會合，隔了一段時間，終於是畫好了。

跟大邱分開後，我就騎車到要報價的早餐店。

「你怎麼這麼久？」課長一臉好像不耐煩。

「我畫圖比較不熟，所以畫得比較慢。」我說。我看客戶也還沒有空，心想不知道他在不耐煩什麼。

店員告訴我們可以先坐在一旁等老闆，我就跟課長坐在他們店門旁的位置。

「你剛剛畫的圖在哪？」他聲音低沉，眼神些許不悅，好像有什麼事情在煩著。

「喔，在這邊。」我拿起剛剛畫好的圖。

「這裡是什麼？」他皺著眉用手指著我剛畫好的圖對我說。

「嗯。」我回答不出來，總覺得他很怪異，也非常討人厭，但我試著不讓他發現我討厭他。

「這是什麼？那這是什麼？這裡是什麼？」他接二連三地問我。

「你不知道這裡是什麼？那你剛剛是去幹嘛？」他聲音低沉，講話很慢，皺著眉。

我沒有回答，也不知道該回答什麼。後來我才想到，他明明什麼都沒教我，憑什麼這麼說，那種莫名的厭惡感又湧上來，直到老闆走了過來，課長開始把注意力放在老闆那邊，我才有機會逃離他的質問。

見這個老闆應該是沒什麼意願，聊不到多久時間，我們就準備離開，後來老闆走到櫃檯，課長也跟上，在櫃檯他們就聊到小型滅火器，我想到我有這個型錄，我上前拿出來準備給老闆時，誰知道課長從後面拉著我的外套，我想他是拉著我外套的帽子。

我才又退後把東西放回包包，他幹嘛忽然拉我一下，讓我感到非常的怪異，當我們離開後，我卻是在笑著，我在想這個人肯定是一個很彆扭的人吧，不知道為什麼他拉我那個動作，似乎讓我對他有不一樣的感受，有一種被保護著的感覺。

「采琳，等等我們再一起過去陳博醫師那邊。」課長說。

「好。」我看著課長答覆，他今天一樣，一早來依然眉頭深鎖，這個時候我還不懂他眉頭深鎖的意思，我感受到的是，對於他這個年紀的人來說，就像我在看我爸那樣吧，也許在他的眉眼間，那皺褶的線條，是來自於他對家庭與工作上的責任，我知道那是一件沉重的責任。雖然如此，還是無法理解與包容他後來的反覆無常，我極度的厭惡與排斥，那是因為我沒有跟他經歷一樣的事，這就是一種無形的距離。

在我出發前往的路上，總覺得越騎越怪，怪的是好像跟上次大邱一起來的時候路線是不一樣的，眼看時間慢慢逼近跟陳太太約好的時候，我感到緊張，最糟糕的是，我看見課長出現，而他的情況也跟我一樣找不到路線，我們一同騎到一邊停下來，見到他神情不對，我更緊張。

「地址在哪邊？」他說。我沒有回應，轉頭看了他一眼，只見他眉頭皺得厲害，我拿起機車墊上的包包，看著上面寫的地址，確認自己的路線沒錯。

「地址對嗎？你知道地址在哪邊嗎？你不會打電話問嗎？」他忽然在後面大吼，

這是我第一次看到他這個模樣。

我拿起手機撥給陳太太，通話後知道我在報價單上面寫的地址是錯的，少了一個數字。而我想他自己怎麼可能不知道地址在哪，明明這個地址是大邱給我的，公案的地址一定是課長給大邱的，通常課長會接到第一線公案的資料。所以這又讓我對他產生更多的厭惡，明明是他一開始給的地址，竟然連自己也不知道，還有辦法將錯推給別人似的。

「不好意思，她剛來沒多久，對這邊地址還不熟。」課長一見到陳博醫師夫婦，變得很有禮貌，只是聽見他這麼說，更加重我對他的厭惡。陳博醫師夫婦表示不要緊的樣子，課長便開始對他們介紹怎麼做保全防盜的規劃。

他從一樓的車庫開始講起，他眼神專注的在車庫走來走去，比手畫腳，告訴他們這邊可以裝什麼監視器，在哪邊幫他們裝監視器，後來再走到一樓裡面，他身上的白襯衫與黑西裝褲很貼身，我討厭看著他在客戶面前那麼有自信，他這時候的樣子看起來非常專業，也非常可靠，那似乎會讓人忘記他所有的惡行。

看著他對客人解說，我不知道為什麼，就覺得有趣，就會想一直看著，也許是那個時候的他，在那個當下，只是專注地把他的工作做好，我看著竟然還有點吃驚，我從沒見過有人報價的時候可以這麼有魅力，原來是可以這樣子的，不過竟然是他讓我知道這一件事，我很困惑也很困擾。到了報價的時候，因為我們是站著的，所以他從他的公事包拿了報價單之後，便把他的公事包順手往旁邊一擺，這意思很明顯就是要我幫他拿，在當時我也只能不情願的順手接下了。

他是這麼理所當然很自然又有自信的，可是我卻討厭被當成他的助理，而另一方面，當他遞給我他的公事包，我又討厭自己，為什麼莫名的心跳頻率有些不同，這個心跳頻率，可以肯定的是，跟剛才來的路上那種緊張不同，竟然是有一點點害羞的成分。我在旁邊看著他和客人的應對，我竟然又不小心對他有種欣賞又佩服的感覺，心裡很不想要承認他是很厲害的。

「開賓士車怎麼會沒錢？」當他們離開之後，課長看著車庫裡的賓士車這麼說，我是聽見他說了，不過沒有做什麼回覆，我想他是在想剛剛陳博醫師想跟他殺價的情況吧。

「有時候我事情比較多，口氣不太好，不要介意。」當我們走到門口準備離開時，他這麼說，他依然有些皺眉，我很訝異，只是站著看著他。

「你現在還要繼續找私案，就像之前那間鐵工村一樣，量要找多一點，你現在剛進來，如果一段時間沒有私案，人家就會說話，這個行業沒有什麼，就是要跑勤一點。」他講得很慢，聲音低沉卻感覺很輕，嘴角淡淡的笑了一下，好像想要安慰別人的樣子，我很難想像他有這一面。

而此刻我討厭自己，竟然會一直想看著他在講話，他令人捉摸不定，明明在這之前，他對我口氣那麼差，卻可以像沒發生那件事一樣，他在客戶面前，還有現在在我面前，這反覆的反差，不知道哪個才是他，我很討厭他露出關心我的樣子，更討厭自己，在離開的時候，總是想到他的各種神情。

「先離開了，你再去找案子吧，找跟你有緣的人。」他說完，我們就各自分散了。

離開後我也不知道為什麼，卻一直回想從他生氣到客戶那邊，還有離開前的樣子，這麼多的反差，最討厭的是他身上的那種魅力，是迷人的，認真的想一下當時在綠豆湯店時那個老闆娘在誇獎他，我現在才明白。

我在回想的時候，便下車走進一間在裝潢的店面，記得之前這裡就有來過了，只是那時候並沒有開門，眼看店裡有三個年輕人，與其中一位男生聊了一下他也說有興趣，我便打了電話給大邱，不過大邱說他沒空要我打給課長。

想到要打給課長不知道為什麼緊張了起來，後來我打給他。「好，我現在過來。」他說得滿溫柔。

不過到現場他跟這個男生聊了一下，表示沒有問題，我就要開始幫他的店畫圖。

「課長，我不太知道這裡要怎麼畫。」我走過去跟他說。

見他沒說話，看了我一眼皺著眉，示意要拿我手上的筆跟紙，我就遞給了他，他自己就開始畫了起來，只是我在想他為什麼不說話，至少他應該教我怎麼畫圖之類的，眼看他就自己畫自己的，或者是說，他要拿我的筆跟紙，應該也跟我說一下，怎麼會什麼都沒有說。

這個沉默的舉動，只見他依然微微皺眉，忽然讓我覺得他很可靠。

隔了幾天，與課長一起到珂菈芙報價，他一樣穿著他的白襯衫跟黑色西裝褲。

「這間要報多少？」他講著灣島話，感覺像是在自言自語，他接下來的舉動，讓我很想笑，沒想到他順手打開他的車廂，那起梳子，梳著他的噴好髮蠟的油頭，往後梳了幾下，這自信的模樣真是難見。

我們走到櫃檯，課長開始跟他講起報價的內容，我一邊看他，總覺得奇妙，那種迷人的氛圍又散發了出來，我雖然也認真聽著他的報價技巧，卻又會不小心開始心跳加快，我真的很討厭這種感覺。

報價時這個男生都沒有殺價，後來我才知道這是很難得的一個客戶，通常客戶都會殺價的，報價完他有一些事要跟施工的師傅討論，於是我跟課長就站在旁邊。

「你知道什麼門窗要裝什麼磁簧嗎？」他說。

「像那個門，你知道要裝什麼嗎？」他皺著眉，不知道為什麼，我覺得他忽然很囂張。

「那個是裝……」我本來想要回答的，他馬上又把話插了過去，我開始感到不悅，明明他什麼都沒教我，又開始一副自以為是的樣子跑出來了，我幾乎工作上的知識都是大邱教我的，我完全不懂他怎麼有辦法一副高高在上的姿態。

「像他這邊也有裝磁簧，應該是之前的，那是別間的。」他看了一下在旁邊上面的窗戶，他竟然說完就爬了上去，他大力的硬拔下來，只見他拔得吃力，不過還是拔下來了，但他要從桌子上下來時速度太快，他往下一跳，還好我躲得快，不然他下來我肯定會被他推倒，就差那麼一點點，他靠我靠得很近，在那一瞬間，我總覺得難以呼吸，心跳又開始加快。

他這次報價也一樣是那麼有魅力又迷人的，當一個人身上找到欣賞的地方，又有厭惡的地方，這樣矛盾的感覺是最討厭的，因為完全不知道要用什麼心情來面對他。

當我們回到公司後，好像大家都很驚訝一樣，原來有私案是一件不容易的事。課長一回到公司嘴角就笑個不停，像是在跟大家炫耀一樣，一位老的經理還在稱讚他，我內心雖然覺得他厲害，卻一點也不想表露出來，而且我覺得這也沒什麼，大家似乎也沒驚訝我找到私案。

面對這樣高調的氛圍，課長似乎感到很滿意，我卻一點也不喜歡這樣，我總覺得有案子的人應該要低調一點，對於他那樣自傲的姿態，我又對他增添一種厭惡感。

「上面開始要盯同業的量了，從現在開始找同業。」課長在開會上這樣說。

「課長，我有一間同業不知道有沒有機會。」開會結束後，我對著他說。

「走啊！有機會就去，等一下我跟你去。」他這麼快回答我。我在心裡想，難道他不用先了解一下我說的這個客戶什麼狀況嗎？

我們離開公司後到了我說的那間汽車修理廠。

「這間有點困難，我記得之前我好像有來過，不過沒關係，既然來了，就拼看看吧。」他今天怎麼講話像個好人。

「老闆你好。」課長開始跟老闆打招呼，聊起他現在用的保全效果如何，我們坐在很老舊的沙發上，這裡看起來髒髒的，不管看向哪邊，都讓人很想趕快離開。

「好好好，那你幫我看一下，我去拿個合約。」那個老闆進去他的辦公室裡面拿合約，也是課長指引他去拿的。

「等一下幫我拍照，拍帥一點。」他身體忽然往後，在我耳邊小聲地說，我討厭這種感覺，不知道為什麼我心跳很快。我們都需要拍照回報拜訪客戶的情況，也是公司規定的，離開之後，我不斷回想他剛剛說的那些話，我總覺得很怪，還是我想太多了，但是我是騙不了自己的感受的，遇到這樣的事，我連我自己都覺得太怪了，明明對方是一個大我二十歲的人，況且，我已經結婚了，我只能告訴自己，這只是一種欣賞吧。

不過後來他的行為更讓我覺得怪異，那次的案子，我比他時間提早到了要報價的地方等待，正當我見到他時，他脫下安全帽的那瞬間，竟然對著我眨眼睛，就像是在拋媚眼那樣，我竟然心跳加快，這對我來說真的很困擾，我只能想到的是，這也是一直欣賞吧，像他這種自傲的人，總是以為自己很有魅力，在剛到這間公司沒多久，見到他就經常看著我在挑動他的眉毛，這樣輕浮的樣子，也是令人討厭的。

因你之名，墜入愛情

文：君靈鈴

（一）老樣子

蕭妤芊從小就是個很容易被文字吸引的人，所以她愛寫字愛看書，喜歡從字裡行間找樂趣，喜歡所有有關文字及文字藝術的一切，想來這得歸功於她家是藝術世家，家族裡有百分之八十的人都是搞藝術創作的，有畫家、書法家、雕塑家、舞蹈家等等，而她卻是天生對文字比他人敏感。

於是乎，當她畢業後到舅舅公司工作時，身在人事部門的她最大的樂趣就是看新送來的人事資料然後猜測對方是個什麼個性的人。

不過雖然很好玩，但她必須老實說，雖然她對文字敏感，但是就名字猜個性這方面她的命中率很低，但這一點也不妨礙她喜歡做這件事的興致。

只不過此時此刻已經在人事部待了兩年的她還真的沒料到，自己竟然會因為一個名字魂不守舍一整個下午，然後又在隔天對方來報到時瞬間瞪大了雙眼。

周旭陽！

這個深埋在她記憶中的名字就這樣活生生被翻出來，而且現在人還站在她面前，一臉疑惑看著雙眼瞪大的她，害她差點沒把桌上的茶打翻。

「妳認識我？」周旭陽輕輕皺了皺眉，眼底是冷意沒有任何溫度。

「不認識！歡迎加入本公司，這是你的識別證還有感應卡。」

震驚歸震驚，蕭妤芊自知不能耽誤人家的時間，趕忙把東西遞了過去，然後就見到寒氣逼人的周旭陽冷冷看了她一眼，隨即跟著帶他來的人走了。

但就這一來一往讓蕭妤芊差點沒虛脫，她無力的癱坐在椅子上，突然覺得自己真沒用之餘，也感慨某人一點都沒變。

知道她為什麼喜歡看名字猜個性嗎？

就是因為這位周先生，因為他名字叫旭陽但是他本人跟冰山沒兩樣！

全世界最名不符實的人就是他！

即便是到現在，蕭妤芊都還是這樣認為，雖說她在人事部這兩年猜過不少人也猜錯超過一半，但至少人家沒有誤差過大，都還在她可以接受的範圍內，但周旭陽不一樣，周旭陽是絕對異類，在她眼中他本人跟旭陽二字根本沒半毛錢關係！

而更不幸的是這位冷若冰山的旭陽兄是小她兩屆的學弟，雖然兩人在校園並沒有任何交集，但是旭陽兄在學校可是風雲人物，因為他長得帥，而且是帥得很沒天理，還有他體格好，是夠高又有料的那種，加上他冷冰冰如霸總的氣質，要收穫一票迷姐迷妹完全不是問題。

蕭妤芊的思緒飛快轉著，回到了高中時期，對文字敏感的她聽到「旭陽」二字直覺就覺得對方是個溫暖的陽光男孩，害她拉著同學跑去瞧，想看看旭陽弟弟是不是超養眼的開朗青年，誰知道是看到一座冰山呢？

但就是因為這樣的反差讓她把周旭陽深深記住了，在高中最後的一年她沒忙著準備考試，倒是忙著暗中研究周旭陽到底有沒有一丁點對得起他的名字，而結果顯示直至今日，周老兄還是同副德性，完全沒有改變。

呵呵……

蕭妤芊抓了抓臉，不知所云的乾笑了兩聲，然後在同事疑惑的注視下把注意力轉回工作上。

反正旭陽弟弟就是繼續名不符實嘛，關她什麼事呢？

（二）隔壁座位

「妳有什麼問題？」

一句簡簡單單的問話，就讓蕭好芊瞬間覺得自己進了冷凍庫，但她也知道這得怪她自己，誰叫她沒事一直盯著人家看，被嫌棄也是剛好而已。

不過話又說回來，突然被調離原職位就算了，然後隔壁又是名不符實先生，她當然會好奇的一直觀察他，因為畢竟她高中時常做這種事嘛！

「沒有問題。」偷窺被發現，蕭好芊只能裝作若無其事，扯出笑臉回應。

「所以現在沒有問題，那麼……」周旭陽一雙鷹眼緊緊盯著她。

「什麼？」渾然不知自己即將要被炸彈襲擊，蕭好芊還一臉好奇。

「以前是什麼問題？」周旭陽當場一個挑眉。

「啊？」突兀的問句讓蕭妤芊愣住。

「我是問妳，以前在學校的時候老是躲在暗處偷看是為什麼？」既然有人不明白，周旭陽乾脆把話說得更明白。

「你……你……你……」怎麼知道？

蕭妤芊完全被驚呆了，但她也沒有遲鈍到這程度，隨即想起眼前這位仁兄在報到那天明明是一副不認識她的表情，怎麼現在跟她問起往事來了？

「妳希望我在眾人面前爆出妳有偷窺的習慣？」她沒講，周旭陽倒是先反應過來，隨即冷冷反問。

「那才不是偷窺！我只是在觀察你這個人到底有多名……！」差點全盤托出的蕭妤芊立馬摀住自己的嘴巴。

「名什麼？」周旭陽問。

「沒有！什麼都沒有！」蕭妤芊打死也不想說出來。

「需要我嚴刑拷問嗎？學姐。」周旭陽以迅雷不及掩耳之勢抓住她椅子的手把，直接連人帶椅把她整個人拉到自己面前。

「我又沒犯法，為什麼要對我嚴刑拷問？」蕭妤芊緊張死了，面對距離跟自己這麼近的周旭陽，她覺得自己連呼吸都困難了起來。

「妳犯了我的法。」似乎是看出她的緊張，周旭陽很故意的將兩人之間的距離拉得更近，近到雙方的鼻間幾乎要碰到的程度。

而這樣親暱的狀態也讓蕭妤芊完全喪失語言能力，整個人就像被冰凍住般一動也不動，活像個冰雕。

這是啥情形？

她身體動不了但是腦袋瓜可是飛快轉著。

「如果我沒記錯，妳以觀察之名行偷窺之實，在學校行不軌之事將近一年。」

而蕭旭陽認為，如果不是她畢業了，恐怕這件事還會持續下去。

「喂！你怎麼可以這樣對學姐說話？看你又怎麼了？身為學姐我去看個帥學弟有什麼不可以？還有你是古代人嗎？說話那麼文謅謅做什麼？我告訴你，會去看你都是因為你很不適合旭陽這兩個字啦！」被說得太難聽讓蕭妤芊內心的小火山瞬間爆發。

什麼不軌之事！

也不想想自己那長相，被看不是很正常嗎？

而且整個學校又不是只有她會去看他，說的好像她是什麼變態一樣，她只是在做人類姓名與性格方面的觀察與研究而已，OK？

「好理直氣壯，我還真是大開眼界了。」周旭陽看著眼前脹紅的臉蛋，冷冷的調侃。

「那還不感謝我讓你開眼界！」蕭妤芊就是那種平常很正常，但是被激怒會很衝的人。

「也無不可。」語畢，周旭陽直接伸手捧住蕭妤芊的後腦勺就吻了上去。

這個吻持續了好一會兒，而完全無法反應過來的蕭妤芊連自己整個人被抱到名不符實先生腿上安坐都不知道，當然也沒有發現除了親吻之外，她還被吃了不少豆腐。

因為她一直昏昏沉沉的，覺得頭好暈有點缺氧，最後腦袋瓜只浮現一句話，那就是……

幸好其他人都出去吃午餐了。

（三）很有興趣

在現代社會，接吻不算一件大事，蕭妤芊這兩天是一直這樣催眠自己的。

不過顯然效果不彰，因為登徒子就坐在她隔壁，就算那天之後兩人並沒有在公事外有任何交談，不過她還是有點坐立不安。

一來她不懂隔壁這位名不符實先生為什麼忽然莫名質問她陳年舊事，二來她不懂他為什麼忽然吻她，三來就是名不符實先生莫名吻了別人卻裝沒事，就這三點讓蕭妤芊感覺自己頭快爆炸，很少頭痛的她開始覺得太陽穴隱隱作疼。

「頭痛？」周旭陽轉身冷眼看著她。

「你以為是誰害的？」蕭妤芊沒好氣地回應。

「與我有關？」周旭陽當場一個挑眉。

「你現在給我裝死是不是？」來這招是怎樣？

蕭妤芊感覺自己除了頭痛加劇之外，應該還即將炸毛，因為周旭陽這個小子實在太不上道太惹人厭了！

「兩天前的吻，妳現在才覺得不適？」如果是，那他必須說她的反應弧線也太長了。

「原來您老人家還記得我兩天前被你強吻這件事。」蕭妤芊皮笑肉不笑的開口嘲諷。

「所以呢？」周旭陽一臉「妳想怎樣」的表情。

「喂！你該不是那種以帥氣冷面形象到處勾搭女人，然後吃了不認帳就跑的那種混帳人物吧？」蕭妤芊瞬間瞇起雙眼，覺得自己肯定遇到敗類了。

「不是。」周旭陽臉色一凝，很明顯是不高興了。

「喲，還生氣了呀！你有資格生氣嗎？受害者是我好不好！」蕭妤芊真的很火大。

「被我親了，妳很不高興？」用一張冷臉貼近蕭妤芊的周旭陽劈頭就問。

「當然啊！誰突然被偷襲會開心啊？」忽然放大的俊臉讓蕭妤芊有點結巴。

「如果我說我是因為對妳很有興趣呢？」說完，周旭陽雖然餘光掃到四周有人在偷聽他們對話，但眼前那張傻眼的臉實在很有趣，讓他沒有停下來的打算，依然與她的臉保持相當近的距離。

「你是故意這樣說，想報復我當年一直在偷窺你嗎？」傻眼歸傻眼，蕭妤芊還算一絲理智尚存，沒有被突如其來也不知道算不算告白的話給完全綑綁住。

「也不能說是報復。」至少周旭陽不這樣認為。

「不然呢？」蕭妤芊感覺自己拳頭很癢。

「如果要說報復，應該這樣比較好。」語畢，周旭陽嘴角微微扯動。

這是一個信號，可惜蕭妤芊跟他還不算太熟所以沒看懂，而處於炸毛狀態的她也沒發現四周很多觀眾，只是在一個略為冰冷的嘴唇貼上她的唇時，她才發現自己又被佔便宜了！

這該死的小子！

她當場用力咬了下周旭陽的嘴唇逼他鬆口，然而嘴上的壓力不見了，但是四周圍聚集的目光卻讓她當場倒吸了口氣。

「芊芊，原來妳是偷窺狂啊？」

一名女同事以不敢置信的眼神與語氣問著蕭妤芊，讓蕭妤芊的臉當場紅翻，卻沒有勇氣對大家喊出……

我只是在做人類姓名與性格方面的觀察與研究而已啦！

(四) 顏面掃地

說實在話，蕭妤芊認為自己目前的處境已經不是挖個地洞就可以解決的問題，因為「偷窺狂」三個字已經被其他人用目光狠狠貼在她身上。

但這還不打緊，重點是那位名不符實先生在眾人面前吻了她，這也導致除了偷窺狂之外，她還多了一個「成功達陣」的標籤。

去他的吧！

蕭妤芊咬著牙根逼迫自己冷靜下來，只是鍵盤敲擊的聲音越來越大，很明顯可以得知她此刻內心有多憤怒。

說她偷窺她可以很勉強小小聲承認，但是成功達陣是啥鬼？

達什麼陣？

她又成功什麼了？

「他們的意思是妳成功釣到我。」周旭陽一個轉頭看見蕭妤芊眉頭皺得很緊，便好心提點一句。

只是這句提點徹底讓蕭妤芊爆發！

幾乎沒有任何猶豫，蕭妤芊火速起身然後揪著周旭陽的領帶，在他詫異的眼神下咬著牙根丟出四個字。

「跟我出來！」所謂忍無可忍無須再忍，蕭妤芊現在就是這個狀態。

「現在是上班時間。」周旭陽也不是不跟她走，但是飯碗還是得顧一下。

「課長，我跟這傢伙下午要請假，因為有私人恩怨要處理！」一個火爆又強勢的轉頭加上充滿火藥味的語氣，蕭妤芊在說完之後立馬得到上司點頭如搗蒜的反應。

很好，是個識相的，不然就別怪她把皇親國戚的身分搬出來，雖然她之前說過自己絕對不會這麼做，但是為了現在被她揪住這個領帶的敗類，她可以破例！

「想跟我約會？」被拖到頂樓，雖然周旭陽感覺蕭妤芊有一種要與人決生死的壯烈感，但還是很不怕死的說了不該說的話。

「周旭陽，說出你的目的！」蕭妤芊雙手環胸，堅持著最後一絲理智。

「目的就是妳。」既然她都問了，那他也不好不回答。

雖說他不是個多話的人，甚至被判定為冷情少語之輩，但無妨，如果是眼前這個已經氣到頭頂冒煙的小女子，他倒是願意多說一點話。

「你根本就是在跟我開玩笑！」蕭妤芊氣瘋了，也不知哪來的衝動拔腿就往周旭陽衝過去，感覺就是打算用頭槌送他進球門，完全沒有任何收力的意思。

但周旭陽畢竟是男人，而且蕭妤芊又是個嬌弱的小女生，所以就算她已經使出渾身力氣，還是在頭即將撞上周旭陽胸口前被他一把摟住腰，然後就被打橫抱起，瞬間成了很想逃的公主其中一位。

「放我下來！」蕭妤芊朝著那位俯視她的周先生大叫。

「走吧，去約會。」反正都請假了，不出去走走豈不浪費？

「沒有人想跟你約會！」蕭妤芊還是氣，但她也發現自己其實拿這位抱著她的先生沒辦法。

錯了！錯了！錯很久了！

她一開始就不應該去招惹這位仁兄，這個錯誤始於學生時期，然後現在她正在自食惡果！

「原來妳改名叫『沒有人』，妳倒是早點說。」說完很欠揍的話後周旭陽難得笑了，因為他看見懷中的小女子完全傻眼的情況，實在是很可愛。

「周旭陽，我不要跟你約會！」傻眼過後重申立場是必須的。

「如果要這樣跳過交往初期會做的事，那就只能直接上床囉。」發展這麼快著實不太好，但如果她堅持的話，他也不會多說什麼。

「什麼？」蕭妤芊還以為自己聽錯了。

這男人在說什麼？

交往？

上床？

「親都親了，我人也被妳帶出場了，現在想不認帳？」周旭陽一臉危險逼近懷中女子。

老實說他並不是這麼無賴的人，像這般行為他還是第一次進行，有點不符合他的個性，但人家都說了，他是名不符實先生，所以既然如此，那他再來個性格反轉也無傷大雅吧？

怪只怪蕭妤芊這個小女子自己一朝踏錯所以得承擔後果，而這個後果就是她必須成為他的親親女友，誰叫她成功勾起他的興趣了。

總歸是她自找的吧，怪誰呢？

（五）真的假的

草莓鬆餅是蕭妤芊的心頭好，而她在吃的時候會喜歡淋上一點楓糖漿，這樣風味更棒，但問題是現在坐在她對面的男人讓她吃不下！

「周旭陽，你到底想怎樣？」蕭妤芊真的很想知道。

「妳不是喜歡飯後吃點甜的嗎？」周旭陽一臉理所當然，而這很明顯就是他坐在她隔壁之後發現的事。

「對，但我不想跟你一起吃。」而且是在這麼詭異的情況下。

不過蕭妤芊也知道自己說晚了，因為一個小時前她才跟他一起吃了小火鍋。

好吧，這是她的問題，因為她剛好恰好非常不幸的肚子餓了，所以最愛的火鍋擺在面前她實在受不了，而現在因為她肚子裡有火鍋，所以有底氣可以申訴。

「不吃飽妳等一下會沒有體力，我不想事情進行到一半妳就體力不支暈過去了。」周旭陽的表情非常正經且正常，但話語的內容令人想入非非，至少蕭妤芊就想歪了。

「我才不要跟你上床！」礙於這是一家可愛的鬆餅小店，蕭妤芊只能咬著牙低叫。

「我們都這麼熟了，不用這麼害羞。」逗她是一件有趣的事，周旭陽目前顯然樂此不疲。

她很有趣，而且是讓他覺得越來越有趣，所以他願意開口逗她，要知道這種事在他的人生中幾乎是沒有發生過的特例，尤其是用在女人身上。

而且他也喜歡她吻起來的感覺，微微的甜但不膩，身體抱起來也很舒服，感覺兩人的契合度似乎很不錯，當然最後確認就得是往那方面發展了，但看起來女方目前還不甚願意配合。

「喂，我說真的，請恢復你原來的德性可以嗎？」擅自轉性格是不被允許的！

「妳之前看到的是我，現在看到的也是我，有什麼問題嗎？」他個人是覺得一點問題也沒有。

「不是啊，你不覺得自己這樣太過反差嗎？冷情寡言跑哪裡去了？」她問，一副很想再跟冷情及寡言兩位同學當朋友的模樣。

「為什麼對女朋友要跟對外人一樣？」周旭陽眼底閃著疑惑。

「誰是你女朋友！？」蕭妤芊實在搞不懂他的思考邏輯，不知道為什麼事情會急轉直下就變成這樣了。

雖然說她以前是對周旭陽有興趣才會去觀察他，也確實發現他很有魅力的一面，所以才會對他印象一直都很深刻，但是她不懂現在是什麼情形，是完全搞不懂的那種。

「妳不願意？」周旭陽忽然一本正經盯著她問。

「啊？呃……這樣很奇怪吧？」她愣了下，慌忙避開他的眼神攻擊。

「奇怪什麼？最奇怪的事妳都做了，我希望讓我有感覺的女人當我女友有何奇怪？」周旭陽眉頭稍稍皺了起來。

不會是現在想跟他討論合不合邏輯這種問題吧？

她在學生時期的行為早就已經不合邏輯，現在跟他談情況合不合理有立場嗎？

「你說真的假的？」蕭妤芊一臉難以形容的複雜表情。

不是吧？

這是真的嗎？

他對她有感覺？

（六）懷疑妳就輸了

對，她懷疑他在開玩笑，但問題是他表情真的很正經，而且眼神也很真摯，所以在真與假的天秤上，她開始不自覺往真的那邊走，雖然她自己還沒有自覺。

「來交往吧，我們。」周旭陽真的是認真的。

「等一下，為什麼啊？我不懂耶！」蕭妤芊就是覺得很突然。

「不懂交往之後就懂了。」就是這麼好懂。

「那你喜歡我什麼？你不是討厭我那樣的行為嗎？」這樣豈不是很矛盾？

「我問妳，人類很多時候真正的感覺是不是很不好形容出來？」他不答反問。

「對。」她點頭。

「這就是答案。」他答了，然後看到對面的小女子一副想咬人但又無可奈何的模樣，忍不住笑了。

「所以也就是說，你對我有無法言喻的感覺？」要不要這麼文藝？

「也不是沒辦法形容，我是怕妳聽了會臉紅，所以等夜深人靜只有妳我的時候再說吧。」有時候想知道真相就得付出相應的代價。

「你像一個在誘拐小女孩回家的壞叔叔。」蕭妤芊當然知道自己就是那位小女孩。

「再怎麼說您也是姐姐，何出此言呢？」周旭陽又開始欠揍了。

「好啊，姐姐帶你回家，那弟弟會任由姐姐擺佈嗎？」蕭妤芊忽然轉了態度，笑容套句通俗的話說就是逐漸變態。

「姐姐經驗豐富足以教弟弟我嗎？」周旭陽忽然覺得有點不太高興，語氣也有點帶刺。

「豐……豐富？你瘋了吧！」蕭妤芊當場發飆罵人。

「那妳怎麼會覺得是我被妳擺佈而不是妳被我擺平？」不要懷疑，這絕對是雙關語。

「你給我正經一點！」蕭妤芊開始懷疑自己根本沒辦法跟眼前這個男人正常交談超過三句話。

「先不正經的是妳吧？姐姐。」人可不能做賊喊捉賊。

「你實在是！」蕭妤芊從來沒想過，自己有一天居然會被這位名不符實先生氣到想把他一腳踢入太平洋。

這種情況怎麼想都不對吧？

周旭陽這個人不只名不符實還是雙面人？

這真的是她意想不到的事，而更離譜的是他看上她，說要跟她交往，請恕她實在有些混亂所以接受不了。

不過，蕭妤芊接受不了但周旭陽顯然沒有再拖延的打算，忽然起身走到氣呼呼的她身邊，在她尚來不及反應之際又把她打橫抱起。

「幹嘛？」她的臉蛋瞬間就紅了。

「回我家。」吃飽了就該休息，多麼正常的流程是不？

「你先放我下來再說。」將臉埋在周旭陽胸口，蕭妤芊實在無顏見江東父老。

「不行，怎麼來的怎麼出去。」周旭陽不為所動，甚至對她把臉埋在自己胸口的行為相當滿意，就這樣在眾人注視下堂而皇之抱著她走出了店門。

他的目標真的是他家，他不是開玩笑，所以某人得有覺悟才行。

（七）莫名其妙的她

說是蓋棉被純聊天也不是，但說有多激情火辣也不是，總之吃飽喝足的兩人現在的情況就是，男方把女方鎖在懷裡，而他們蓋著同一床棉被但並沒有交談。

不過周旭陽有意無意的磨蹭之下，兩人的體溫都逐漸升高，但有些界線並未被打破，他的手僅止於她的腰上，而她身體雖僵硬卻沒有太過掙扎。

很詭異的情況是不？

但這兩人顯然沒有要改變現況的意思，在如此近距離的接觸之下，兩人就像在拔河般對峙著，彷彿要看誰先投降。

「周先生，請問什麼時候要放我回家？」時間過去近兩個小時，還是蕭妤芊先受不了開口了。

「並無此打算。」周旭陽答得很自然。

「什麼叫並無此打算？你到底是打算怎樣啊？」這種回答讓蕭妤芊的火氣又冒了上來。

「什麼都沒做我為何要放妳回家？」開什麼玩笑。

「你不要太誇張，我連交往都還沒答應你，你不要以為你可以為所欲為。」蕭妤芊終於掙脫周旭陽的懷抱，氣呼呼地坐起身宣告自己的主權依然屬於自己。

「我沒有為所欲為，要不然妳現在身上就不會有衣服。」他是很尊重她的。

「你實在是！」蕭妤芊當場翻了個白眼。

「說真的，為什麼不想跟我試試？」周旭陽忽然正色起來。

「啥？我？」如此陰晴不定的性格，蕭妤芊真的有點招架不住。

「就試試，不合再說。」他像是拋出誘餌在誘導眼前的小紅帽上鉤。

「什麼叫不合再說？我不喜歡跟分手的男友在同一個地方工作。」這多尷尬。

「那不要分手不就好了。」很容易解決的問題不要想的那麼複雜。

「問題是我不知道我們合不合啊！」這問題一點也不簡單好嘛！

「所以才要試。」就是這麼簡單。

「我考慮一下。」蕭妤芊頓時很掙扎。

老實說她也不是討厭他，是因為與他重逢後一切的情況太過詭異，所以要不要跟他交往她真的要想一下。

「多久？」他的臉色沉了下來。

「總得幾天或再久一點點吧。」應該。

「那夠了。」他一臉不悅，翻過身不想再理某人。

「什麼夠了？」這兩個字該出自他口嗎？而且他在不爽什麼？

蕭妤芊一臉疑問。

「夠我去找新工作了，我很優秀應該可以很快找到。」周旭陽的嗓音有點悶。

「啥？幹嘛找新工作？」蕭妤芊發現自己真的沒有辦法應付這個男人，因為她又傻眼了。

「妳不喜歡尷尬的情況。」他輕描淡寫說出原因。

「那也不至於需要你這麼快就去找工作。」收起傻眼，蕭妤芊看著他的背影吶吶說道。

「妳現在不給個答案，那妳明天開始見到我就會覺得尷尬。」他對著牆壁開始要自閉。

「呃……」蕭妤芊無法否認他的說法。

「行了，我送妳回家。」周旭陽迅速跳下床，一轉眼就已經站在房門口等著三度傻眼的蕭妤芊。

「你是不是很生氣啊？」蕭妤芊覺得他頭頂好像隱隱冒著煙。

「我只是不懂，如果妳對我沒興趣，那妳為什麼會有那些行為？而如果妳對我有興趣，為什麼我想跟妳交往，妳還需要考慮？」周旭陽是真的不懂。

「呃……」蕭妤芊被這樣一問頓時愣住。

「走吧。」眼見她無法回答，周旭陽心情更不好了。

這女人很奇妙，自己先招惹他之後卻又這個德性，根本是把人耍著玩。不開心，周旭陽真的很不開心。

（八）恢復原狀

周旭陽的不開心一直持續著，搞得隔天上班後蕭妤芊坐在他旁邊有些如坐針氈，想跟他說點什麼也不是，不跟他說話好像也不對，總之她覺得超級混亂。

「那個一起吃午餐好嗎？」思考再三，蕭妤芊決定先釋出善意哄哄身邊這個男人。

「不餓。」周旭陽立馬拒絕，連一個眼神都沒給。

「那我去買點東西給你喝？」她小心翼翼又問。

「不用。」他又拒絕，目光一直放在眼前的螢幕上，打字的手指也沒停過。

「那……就是……那個……」蕭妤芊抓抓頭，有點不知道該怎麼辦才好。

「不用理我。」周旭陽的語氣超級冷。

「嗚……」蕭妤芊瞬間被冰塊打頭，忍不住嗚咽一聲，感覺實在很不好。

這態度也差太多了吧？

這樣的他簡直就是跟之前一樣了嘛？

像是忽然靈光一閃，蕭妤芊忽然驚覺不是周旭陽奇怪，而是她不習慣他這樣對待她，現在的周旭陽是正常的周旭陽，就是她認為正常的周旭陽。

所以也就是說，周旭陽對待她的特別態度在他本人不悅的狀態下被收回了，不想逗她了不說，甚至也不太想理她了。

看著那張冷漠的側臉，蕭妤芊感覺有一點點難受，她不知道原來自己的心柔軟至此也敏感至此，居然會因為這種事感到有點難受，明明她一直都覺得這幾天的周旭陽不正常，而他現在變正常了，為什麼她不覺得開心？

是因為她在他心中不再是被特別對待的那個人，所以她才覺得有點難受嗎？

蕭妤芊偏頭想了很久，久到連身邊的男人離開了又回來她都不知道，直到一顆便利商店的飯糰堵在她嘴唇上，她才發現他去買了午餐回來，而辦公室不知道什麼時候又只剩他們兩人了。

「謝謝。」她看著他。

「嗯。」周旭陽依然不看她，也沒有吃東西，只是繼續忙碌。

「你真的不吃嗎？不吃飯對身體不好。」一邊小口咬著飯糰，蕭妤芊一邊想勸說一下絕食的名不符實先生。

誰知道這次連個回應都沒有，周旭陽就像沒聽到一樣，一張冰塊臉依然是冰塊，沒有任何融化的跡象。

這個人真是的！

忽然一股火氣又往上冒，蕭妤芊飯糰一丟，伸手把周旭陽的領帶一扯，逼他面對自己。

「我說，你這樣的態度是因為不爽我不答應你交往的要求嗎？」蕭妤芊氣呼呼地問。

「妳很莫名其妙。」周旭陽依然是一張撲克臉。

「我知道啦！但是你也要知道，情況轉換太快有時候人會接受不了，所以需要時間適應一下。」蕭好芊認為有必要為自己解釋一下。

「我沒有不給妳時間。」他從頭到尾都沒有說她不可以考慮。

「但是你給我臉色看！」蕭好芊當場控訴。

「根據妳的說法，我這樣只是恢復正常，有什麼問題？」一切都很合理。

「是……是沒錯，但是……我……不不不……習慣。」話說的坑坑巴巴的蕭好芊顯然底氣相當不足。

「所以？」周旭陽眉一挑，眼底快速閃過一抹詭異的光芒，看著眼前正在控訴自己沒有繼續被特別對待的小紅帽。

「什麼所以？我的意思是我還沒答應，你就不可以給我臉色看，現在是我的考慮期，你應該要繼續用一樣的態度對待我，這樣我答應的機率才會增高不是嗎？」管它有沒有道理，反正蕭好芊現在覺得自己有理。

「原來如此，但是我覺得如果妳沒打算答應，這樣我很不划算。」做人要公平。

「那你要怎樣？」蕭妤芊完全沒發現自己落入圈套很久了，乖乖待在圈套裡灑花轉圈圈。

「妳先站起來。」周旭陽說完之後見她帶著疑惑站起身，唇角微微露出滿意的笑容。

「所以要幹嘛？」見他也跟著站起身，蕭妤芊皺起眉頭不解的問。

不過她的疑問在兩秒後就有了答案，因為她的腰身被摟住，然後呼吸也在下一秒被奪走。

是她說不習慣的，那他也只好恢復習慣。

這幾日養成的習慣，哈！

（九）對戰

「妳打算這種狀態多久？」

「哼。」

「是妳自己說要恢復的。」

「……」

「所以我才說妳莫名其妙。」

「……」

「那請問我到底該用什麼態度對待妳？」

蕭妤芊被問的一愣，轉頭看著正冷眼盯著她的周旭陽，忽然覺得自己有點理虧，但又不知道怎麼回應。

不是她故意不回答，而是她也不知道自己在幹嘛。

接不接受告白她心裡還亂著，被他冷眼對待她又不舒服，他又抱又吻她也還不能適應，那她到底想怎樣？

忽然一股歉意湧上心頭，蕭妤芊忍不住低下頭攪著手指，有點無所適從的感覺。

「算了，別糾結了，做事吧。」看了眼四周，周旭陽發現同事都回來了。

「那個……晚上我請你吃飯可以嗎？」什麼都先別管，蕭妤芊認為自己應該先請頓飯再談其他。

「妳如果沒有任何想跟我交往的意思，那就別約我。」就是一翻兩瞪眼的事。

「不是，那照你這麼說，你都不會跟一般異性出去吃飯？」蕭妤芊有點傻眼。

「通常不會。」周旭陽本來就是個性格偏孤僻的人，雖不致太過把自己邊緣化，但並不喜歡太吵鬧喧嘩的場景。

「那也就是說，如果我想請你吃飯，除非玉皇大帝生日或者我答應跟你交往？」蕭妤芊著實有些哭笑不得。

「只有後者。」很明顯，周旭陽連玉皇大帝的面子都不給。

「你這樣說小心被雷劈。」不把神明放在眼裡怎麼可以！

「隨心所欲偷窺別人又隨意戲弄別人的人才會被雷劈。」周旭陽冷笑了下。

「你為什麼這麼毒舌！」蕭妤芊的腮幫子鼓起來了。

「我說學姐，好像是妳先說我會被雷劈的。」這人到底講不講道理？

「那是因為你連玉帝的面子都不給啊！」這樣很不好耶！

「我家信天主教，我為什麼要給玉帝面子？」道不同不相為謀沒聽過嗎？

面對眼前的冷眼，蕭妤芊當場完全石化。

「工作吧，學姐。」周旭陽一說完就立馬恢復工作狀態。

「做就做！」蕭妤芊看他馬上轉頭不理人，氣呼呼朝他喊，決定不要繼續熱臉貼冷屁股。

結果接下來一整個下午，這兩人都沒有再交談過，擺明就是在冷戰，這樣的狀態一直到下班周旭陽快速拿了公事包就走，蕭妤芊才轉頭朝他的背影做了個大大的鬼臉才宣告結束。

小氣鬼！

討厭鬼！

毒舌鬼！

最後在心裡連三罵之後，蕭妤芊才趕忙收拾桌面下班。

然而走在回家的路上她的步伐卻越走越慢，最後停在那家賣著草莓鬆餅的可愛小店前。

「請給我草莓鬆餅。」

她還是走進店裡點了餐，但是餐點來了之後，就算淋上她愛的楓糖漿，她還是覺得吃起來沒有以前甜，尤其沒有「那天」甜。

「我才不會這樣就屈服！哪有人一提出交往連考慮時間都不想給人家的？一下子用辭職威脅人家，一下子又鬧脾氣，一下子又說除非交往不然連飯都不一起吃，到底是怎樣！這個小子真的是有夠欠揍的，看我好欺負是不是！」

蕭妤芊越吃越氣也越想越氣，抱怨聲越來越大，自然引來眾人側目，但她完全沒發覺，依然用力咬著鬆餅然後用力抱怨。

「走了！」

忽來兩個字丟過來，正在抱怨的蕭妤芊還沒反應過來，人就被摟起身，在對方幾乎算是一氣呵成的舉動中，她只能呆呆看著對方摟著她然後快速結帳，接著把她帶出了鬆餅店。

「妳不要活像個被拋棄的怨婦一個人在那裏吃東西然後大聲抱怨，妳知道店裡所有人都在看妳嗎？」將人摟到離店較遠處，周旭陽才把人放開，對著她頭頂就是一頓指責。

「你管我那麼多幹嘛！我愛怎麼樣就怎麼樣，你住海邊嗎？管很大耶！」沒意外，蕭妤芊當場炸毛。

「好，隨便妳，看妳接下來要再去星巴克還是永和豆漿抱怨，妳可以繼續妳的行程。」周旭陽轉身就要走，然而他腳才跨了一步就發現自己的西裝下擺被揪住了。

「剛剛的鬆餅不甜。」揪人衣服者不是別人，正是蕭妤芊是也。

「我看妳加了一堆楓糖漿，怎麼可能不甜？」周旭陽冷眼看著她，但並沒有將她手甩開的打算。

「你怎麼知道我加了一堆楓糖漿？」蕭妤芊抬起頭就問。

「從妳出公司門口到進去鬆餅店我都看著。」不然怎麼會知道。

「所以你是跟蹤狂。」蕭妤芊忽然下了個讓周旭陽瞇起雙眼的結論。

「給我放手。」周旭陽開始後悔自己幹嘛要留下來。

「不要。」說放就放算什麼有種小女人。

「放手。」周旭陽的嗓音變冷了。

「不要！」說不放就不放，今天她若放了，她就不叫蕭妤芊！

「好，妳不要後悔！」眼神一閃，周旭陽直接把她的手抓開。

但這不是結束，他也沒有甩頭就走，而是在她愕然的注視下蹲低身子把她扛上肩膀，直接打包帶走。

她每回都要自掘墳墓，那他也只好捨命陪小女子，不然還能怎麼辦呢？

（十）屈服

「剛剛的鬆餅不甜。」

被周旭陽打包帶回家，一到家就被置放在沙發上的蕭妤芊一開口又是那句讓周旭陽摸不著邊際的話。

「所以？」他居高臨下看著她。

「就是不甜啊！」蕭妤芊氣得抓抱枕來捶。

「喂，不要虐待我家的抱枕，鬆餅不甜妳應該要去客訴鬆餅店。」請勿遷怒無辜抱枕。

「跟鬆餅店沒有關係。」蕭妤芊咬住下唇悶悶的說。

「鬆餅不甜跟鬆餅店沒有關係？妳下班前喝酒了？」周旭陽開始懷疑她是不是喝醉了。

「誰喝酒了！你這個笨蛋！我的意思是我覺得今天的鬆餅沒有那天甜啦！」蕭妤芊朝他大喊，但喊完又馬上把自己的臉埋入抱枕中。

「那天？」看著她詭異的舉動，周旭陽忽然像是領悟了什麼一樣，唇角浮現有點邪惡的笑。

原來他的愛情要開始需要草莓鬆餅這條導火線啊？

他還真是沒料到，但沒關係，只要他眼前這位目前看不見臉但耳朵很紅的小姐願意屈服，那不管是草莓鬆餅、藍莓鬆餅還是榴槤鬆餅，以後只要她想吃，他一定使命必達，不過前提是……

她今晚必須得「親口」說出來願意跟他交往才行，暗示是沒用的，做人就是要坦坦蕩蕩明明白白，在他面前不要想用害羞跟暗示就要交代過去，他不會允許的。

「這麼說來，可能那天的楓糖漿品質比較好。」見某隻鴕鳥暫時沒有出來的打算，周旭陽很故意的開始裝做自己不懂暗示的樣子。

「啥？」鴕鳥覺醒，一臉震驚看著他。

「不然為什麼那天的甜，今天妳加了那麼多卻不甜？肯定是今天的楓糖漿品質不好。」周旭陽一臉煞有其事的說道。

「不是這個原因啦！」這個人是真的聽不懂她的意思嗎？

雖說有說法是大部分的男人在理解女人想法這方面都有障礙，但她覺得周旭陽應該不會是這圈子的人啊！

「那不然是什麼？」周旭陽決定暫時當某個圈子的人。

「就是……就是……我覺得……」支支吾吾的，蕭妤芊就是說不出口。

「覺得什麼？」周旭陽也不急，打算就跟她耗，反正明天是假期，有的是時間。

「就是……就是……」話一直沒辦法說出口，蕭妤芊自己反倒急了，整張臉脹紅到極致。

可惡啊！她也不知道自己為什麼像個情竇初開的少女，連把一句話好好說出口都有困難，但她就是說不出來啊！

「妳稍微整理一下情緒再說話，我去弄點吃的，很餓。」要長期抗戰也要有體力，周旭陽決定先進食再繼續。

當然，他不會忘記多煮一些，畢竟前鴕鳥小姐剛剛鬆餅沒吃幾口，肚子肯定會餓的。

「喔。」蕭妤芊除了點頭也沒別的事可以做了。

然而等到幾盤食物擺在面前以很香的姿態引誘著肚子裡的饞蟲時，蕭妤芊不禁有些愣然看著周旭陽。

「幹嘛？難道妳認為我只會煮自己的份嗎？」他問。

「我想說你不高興應該不會管我肚子死活。」她老實交代。

「我要是不管妳死活，妳現在會在我家？」聽她這麼一說，周旭陽感覺自己的火氣瞬間冒上來了。

這女人到底是……

周旭陽當場很無言。

「因為你自己說沒答應跟你交往就不能跟你一起吃飯啊！」那現在這樣又算什麼？

「誰說要跟妳一起吃了。」說完，周旭陽回到廚房拿了一個空盤，然後開始夾菜。

「你不要這樣好不好？」蕭妤芊差點沒翻白眼。

他這擺明不就是把菜夾一夾之後要去別處吃嗎！

是有需要這樣喔？

要不要這麼幼稚？

「不要吵，乖乖吃飯，等會兒見。」丟下類似安撫的話，周旭陽還真的就端著菜跟白飯往臥房移動。

「周旭陽！」蕭妤芊爆發了！

「嗯？」他回頭，假裝一臉疑問。

「好啦好啦！交往啦！我答應啦！什麼都答應你啦！你真的很討厭！」感覺自己拳頭很硬的蕭妤芊朝周旭陽所在方向大吼，吼出自己的屈服。

「可以簽約嗎？」顯然有人很不怕死，沉思了下居然還敢提建議。

「簽什麼約？」蕭妤芊一臉莫名其妙。

「妳我約定交往的契約，我怕妳反悔。」所以簽約是個好主意。

「我現在就反悔！」蕭妤芊當場原地爆炸！

這男人真的有夠討人厭，她決定之後要把他當僕人使喚，不然她怎麼嚥的下這口氣！

（十一）談吧，戀愛

「反悔」兩個字顯然觸動了周旭陽那條敏感神經線，只見他臉色一變，沉著臉放下飯菜走到蕭好芊面前，居高臨下一臉冷峻盯著她瞧。

「看什麼啦！我不能生氣哦？哪有人交往還需要簽約的？」無論如何在氣勢上不想輸，所以蕭好芊下巴一昂，宣示自己不受惡勢力威脅。

「怕妳出爾反爾。」理由就是這麼簡單。

「我說了就不會反悔！」這是把她當什麼了？放羊的小孩？

「妳剛剛炸毛之後馬上就反悔了。」不然他現在怎會這麼不爽。

「那是那是因為你說要簽約很奇怪好不好！」這可不能怪她。

「可以不簽約，但是如果妳真的願意跟我交往，請不要動不動就把這類話放在嘴邊。」話先說在前頭是周旭陽認為比較好的方式。

「我剛剛也不是故意的，就是比較激動一點而已啦。」其實蕭妤芊平時也不是這種人，偏偏遇到周旭陽後有點控制不住自己。

「那妳真的願意跟我交往嗎？」表面上看來挺平靜的周旭陽，其實內心都是波瀾。

「你是不是在緊張啊？」蕭妤芊突然想皮一下。

「在等喜歡的女生給正面的答覆，我不能緊張嗎？」這很理所當然吧。

不過說實話他有點訝異她居然敏銳地發現了他的緊張，頓時心情好了許多。

「不要一本正經地說喜歡啦！」蕭妤芊的臉蛋當場爆紅。

她想，所謂帥哥直球式的告白大抵就是她現在遇到的這種情況吧，雖然今天這回也不是周旭陽第一回告白，但她覺得比起上回，今天自己更加害羞，果然心境跟情緒是有很大關聯的。

「不然難道要我嘻嘻哈哈說喜歡妳，這樣妳會相信嗎？」周旭陽有些哭笑不得。

不過聰明如他自然也知道蕭妤芊這樣的回應是因為害羞，本來緊繃的神經跟表情瞬間放鬆下來，伸手抱住眼前這位臉紅紅的可愛小女子。

「我莫名覺得我被拐了，然後好像隱約有點吃虧。」窩在周旭陽懷裡挺舒服的，但蕭妤芊現在絕對不會說。

「一個偷窺狂說什麼被拐？還有要說吃虧是我吃虧吧，也不想想自己當年偷看了我多久，以為自己說那種名字跟人不符合的理由很合理嗎？」周旭陽一向不是省油的燈，馬上就反擊。

「喂，身為你的女友，我不能擁有不被毒舌攻擊的特權嗎？」蕭妤芊當場抗議。

「身為妳的男友，我認為這叫情趣。」他很堅持。

「原來是這樣，那敢情是我誤會您了呢！」她用頭撞了一下他胸膛。

「好說好說，我親愛的女友。」他笑，覺得自己愛死她這般親暱的舉動。

「不用客氣，我親愛的男友。」她也笑，忽然感覺他終於跟他的名字很有聯繫，因為她現在覺得全身暖暖的。

「那此時此刻我們就算是正式交往了吧？」這一點還是要再次確認一下。

「對啦，是有多怕我反悔？」蕭妤芊心裡甜歸甜，嘴裡還是要調侃一下。

「還不是因為妳始亂終棄，對我看完就不理，我不再次確認覺得不安。」一切合情合情沒有半點毛病。

「你可以不要說的那麼奇怪嗎？」活像她是個渣女似的。

「但這是事實。」不說謊才是好孩子。

「我又隱隱覺得好像被威脅了。」或者說是恐嚇？

「千萬不要這麼認為，一切都是妳的幻覺，不要被嚇倒了。」他抱緊她，很正經說著胡話。

「是，所以我眼前很溫柔的男人也是幻覺。」她笑，等看他怎麼回應。

然而，周旭陽沒說話，俯下頭用唇直接堵住她的嘴，覺得此時此刻應該不須言語，畢竟有句話叫做「無聲勝有聲」嘛！

（十二）溫暖只給妳一人

很好，人追到手了，周旭陽很滿意，但有件事他特別想知道細節，所以在幾次約會後，兩人在他家窩著一起看電視時，他問出了自己感到疑問的事。

「主要是因為我很喜歡文字，很容易被文字吸引，有個喜歡看人名字猜人個性的嗜好，而你就是我目前看過最名不符實的人。」蕭妤芊說的是真話。

「有那麼嚴重？」周旭陽皺了下眉頭。

「怎麼會沒有？我親愛的學弟，您名叫旭陽但是表情時常冷得像塊冰，您覺得不夠名不符實嗎？」明明就頂級程度。

「也沒有冷到像冰塊的程度吧？」他自認沒有。

「有。」她很堅持自己當年絕對沒有看走眼。

「妳是用什麼角度來評斷這件事？」他問。

「旁觀者的角度啊！」她順口就答。

「所以說這種說法對我本人來說一點都不公平。」他認為自己需要申訴管道來傾訴自己遭受多年的誤解。

「什麼意思？」周旭陽一臉想擊鼓鳴冤的表情讓蕭妤芊傻眼。

「妳只是旁觀就下結論，對我很不公平，妳又不認識我，怎麼知道我就是塊冰？」如此行為有點太過冒失。

「呃……」蕭妤芊忽然語塞。

「所以妳對我就一直帶著這樣的印象直到我們再次相遇對吧？」這一點其實不用多問，周旭陽也幾乎能肯定是如此。

「當然，因為後來我們都沒見過了，直到這回在公司重逢。」蕭妤芊忽然有點不好意思。

「說實話我外表是偏冷淡型的，這我不否認，但妳先等等。」本來要接續說下去的周旭陽看到蕭妤芊拼命點頭就要開口，修長的手指直接抵在她唇上，要她稍等一下再發表自己的看法。

「嗚……」被堵住嘴巴讓蕭妤芊只能發出嗚咽聲，不過倒是真的安分了。

「但是認識我的人都知道，我外冷內熱，所以妳要說我名不符實我不能認同。」因為只用名字判斷一個人的性格這個方式絕對有問題。

「我現在知道了嘛！而且說來用名字猜性格就是我個人一個小小的嗜好，請不要太在意。」真的是這樣，蕭妤芊可以發誓自己沒有因為這個嗜好讓任何人受到傷害。

「我是不想在意，但我認為我的心靈有受到創傷。」馬上有人出面打翻她無人受害的論調。

「這位先生，我一點都看不出來您的心靈有受創的跡象。」這人是在跟她開玩笑嗎？

「此言差矣，通常心靈受創就只有本人知曉。」畢竟是個人情緒嘛。

「你現在是在演古裝劇喔？」還此言差矣咧！

「好啦，不鬧妳了，我就是好奇而已。」他笑，偷偷將她摟緊。

「那也就是說，其實你內心很熱情，對每個熟識的人都是這樣？」忽然間，蕭好芊覺得好像哪裡不太對勁。

明明應該是塊冰，結果卻是個中央暖爐？

「妳這個傻瓜。」周旭陽當然明白她所指為何，馬上輕敲她腦袋瓜。

「是你自己這樣說好不好！」這個鍋她蕭好芊絕對不背。

「我的意思是，我沒有那麼名不符實，至於對每個熟識的人都很熱情這件事，應該會被分類到天方夜譚這類的故事中。」就算不是天方夜譚也差不了多少。

「那所以？」到底是怎樣？

蕭好芊從周旭陽懷裡抬頭瞪著他，要他給個說法。

「妳的用詞錯了，對熟識的人我是比較『熱絡』，溫暖只會留給一個人。」周旭陽此刻不只身體暖，連臉上的笑都是暖的。

「莫非是我本人？」蕭妤芊語調雖平靜，但內心可是快樂的不得了。

「不然還有誰？妳希望是別人？」周旭陽露出一副「妳敢」的表情。

「不希望！」就這方面，她的就是她的，想搶沒門兒。

「很好。」非常滿意的周旭陽親了下親親女友的額頭。

「哼哼。」顯然得了便宜還賣乖的蕭妤芊冷哼兩聲算是回應，但接下來就一臉幸福把臉埋在親親男友的胸膛裡。

這段因為名字牽起的情緣在此有了個好結果，只是直至此刻蕭妤芊都覺得，其實周旭陽還是挺名不符實的，當然以目前情況來說，是以他人的看法為主，至於她本人嘛……

嘿嘿，佛曰不可說也！

相約三十

文：倪小恩

1

在小學時期，林彩威就很愛把身上的書包丟給鄰居周哥哥的身上，要他幫她揹書包、提東西的。

「哥哥對我最好了，對不對？」上學期間，將身上的書包丟給周霖後，她俏皮地眨眨眼睛，撒嬌完後往前跑了過去。

林彩威長相甜美可愛，像個小公主一樣有著驕縱的性格，原因是因為她爸媽就只有她一位女兒而已，簡直將她寵上天，以至於有時她會有蠻橫、任性的行為。

而住在隔壁的周霖，他也是獨生，家中也沒有任何兄弟姊妹，於是兩人自然而然地玩在一起，他將對方當作是親生妹妹一樣的對待，對她是疼愛有加。

已經上國中的周霖一身國中制服，伸手無奈的將林彩威的書包提起，看著她的背影喊著：「妳好好走路，不要用跑的。」

林彩威聽不進去，故意越跑越快，赫然從轉角出現一台腳踏車，刺耳的剎車聲響起，林彩威被嚇到的瞬間往後跌，腳踏車上的是一名穿著高中制服的高中生，直接對著林彩威怒罵：「死小鬼，好好看路！妳當這條馬路妳家開的啊？」

那位高中生罵完後立刻騎走。

周霖趕緊上前查看林彩威有沒有受傷，「妳有沒有怎樣？」

林彩威搖頭，臉上的表情是驚魂未定的模樣，被嚇到後的她不再敢亂跑了，小心的走在周霖的身後，伸手抓著他的衣襬，周霖身上揹著兩個書包，又加上她的扯弄，實在有點吃不消。

「自己的書包自己揹啦！」他終於耐不住性子，將他的書包還給她。

「哥哥不是對我最好了嗎？」她嘟起嘴，想裝可憐。

「不幫妳揹書包，就是對妳不好嗎？」他說：「那我以後不教妳寫作業了，不買零食給妳吃了。」

「哥哥不要這樣子啦！我揹，我自己揹！」林彩威趕緊將自己的書包拿回揹好，乖乖地走在她身邊。

周霖好笑的看著她，心中念了一句：果真是小鬼，很好搞定。

因為兩家人剛好就住在隔壁，國小與國中的學校位置也同個方向，所以總會相約一起上學。

「好了，妳學校到了，趕快進去。」周霖指著小學校門口。

「哥哥掰掰。」林彩威對他揮手微笑，接著跑進去。

兩人年紀差六歲，早上經常一起往學校出發，直到周霖升上高中後，才沒有一起上學，因為他的高中距離家有點遠，周霖需要在天未亮的時候就早起準備，搭第一班的火車後還要轉一次的校車才可以抵達高中，路程約莫一個半小時的車程。

即使他升上高中後，兩人相遇的時間減少，但偶爾的時候林彩威會去他家裡找他玩，升上高中後的周霖身高一下子就拉高將近五公分，面容不再像以前的稚嫩，而是更加的深邃立體，林彩威覺得此刻的周霖越來越帥氣，直率的搶先告白：「哥哥，我以後嫁給你好不好？」

這句話她以前也說過好幾次，但周霖總是把它當作是玩笑話，從來沒有當真。

這一次她又無預警提到，他無奈的笑著，輕輕的敲著她的額頭，「講了這麼多年，不覺得無聊啊？我算算，妳應該有講上百次了吧！」

「唉呦，誰叫你都以為我在說笑，我說的是真的！每次都是真心話，我真的想嫁給你。」她這麼說。

2

「理由呢？」周霖問。

「因為班上男生都太屁了，思想有夠幼稚無腦的，每次跟他們相處在一起，我都覺得自己身處在幼兒園裡面，智商沒有因為這樣被拉低就很不算了，至少我懂得明辨是非。」林彩威一臉受不了的表情。

「明辨是非？」他挑眉，覺得好笑。

「對啊！」她指著他，「根本連比都不用比，你的條件最好！」

周霖笑了笑，「那是因為目前妳還就讀國小，以後妳上國中、高中，甚至是大學了，會遇到更多男生的，到時候他們也會長大的，思想就不會像現在幼稚。」

「說是說的有道理啦！可是我就是喜歡你啊！你不想娶我啊？」

由於林彩威還處於國小階段，男女之間的喜歡她還沒有懂太多，周霖也不想解釋太多，因為他深怕她聽不懂，以她現在的年齡知道這些事情也太早，他說：「要不，等妳三十歲還嫁不掉，我就娶妳。」

「那簡單！我就一直維持單身都不要嫁，直到三十歲。」林彩威竟然把這句話當作是挑戰，這讓周霖哭笑不得，就說她還沒長大了。

未來會遇到許許多多的事情，很多事情都會改變的，很難說呀！

周霖一臉好笑的搖頭，沒有講太多，也慶幸著自己真的沒有講太多。

他一直把林彩威當作是妹妹看待，內心沒有任何想法，林彩威覺得班上的男生幼稚，但他覺得林彩威同樣也沒長大。

直到某一天，周霖帶了一位女同學回家，說是課業分組而需要討論，這名女同學與他同鄉，是他每天都會在校車上遇見的同班同學。

恰巧這天林彩威來他家找他，周母說周霖正與同學在房間討論功課，林彩威應了聲好，直接坐在客廳等周霖，從以前到現在，她早就把這裡當作是自己家了，時常來玩。

大約等了一個小時，周霖與女同學一起走出房間，周霖告知周母說要送女同學去搭車，說完才發現林彩威在客廳坐著，他直接跟女同學介紹她，「這是鄰居妹妹，常常來找我玩。彩威，這是小瓔，是我的同班同學。」

小瓔的聲音很溫柔，柔柔的對著林彩威打招呼，「彩威，妳好。」

林彩威愣愣地看著她，腦中一片空白，聲音有些小聲，「妳好。」

小瓔對她微笑，「有機會我們再一起玩吧！時間不早了，我得回家了。」

「再見。」林彩威說，整張臉都垮下來。

當周霖再次回到家的時候，林彩威人已經回家了，她腦中不斷地想起剛剛看見的小瓔，長得很高、臉蛋漂亮、頭髮好長、說話溫柔好有氣質啊！

內心的警報器響起，她有點不開心，又直接去找周霖，直接問話：「哥哥，妳喜歡剛剛那女生嗎？」

周霖愣住，「妳在說什麼啊？她只是同學而已。」

「但你是不是喜歡她？」她的問話有點咄咄逼人，就好像心愛的玩偶被搶走一樣得找人問罪，非得就是要得到一個心滿意足的答案才肯罷休。

「……我沒有喜歡她。」周霖回答，可是臉上的紅暈卻揭穿了一切。

「哥哥，你答應說要娶我的，你不可以說話不算話！」她開始任性的哭鬧著，因為她覺得周霖要被搶走了。

周霖無言地看著她，他沒有想到林彩威會這麼想，更沒有想到林彩威把他說要娶她的這件事情當真，這當時明明就只是安慰她的一句話，根本不是對她的諾言，更何況當時他是說等她三十歲沒有嫁出去的時候娶，這可是有條件的。

他嘆氣，最後只丟了一句話：「不要無理取鬧。」

林彩威一聽，瞬間覺得自己的心臟狠狠被揪住，她感到難受不已，不說話直接轉身跑回家。

周霖竟然說她在無理取鬧？他怎麼可以這麼說她？

哭著哭著，林彩威哭到最後不禁睡著了，她不理解周霖這樣的行為，更不知道自己哪裡做錯了，找上了自己的母親訴說起這件事情，發洩自己的情緒、訴說自己的悲傷。

經由林母的開導安慰才知道自己的行為真的是在無理取鬧，從以前到現在，她把周霖對她的好當作是理所當然，她以為他能夠無條件地順著她，但他有他的生活圈，兩人的年紀又差六歲，她不可能要求他像月亮繞著地球那樣子一直繞著她轉的。

周霖本來就不是只屬於她一個人的呀！

吵架過後，林彩威不再主動去找周霖，而周霖因為自身課業繁忙，沒有把這件事情放在心上，更沒有顧慮到林彩威的心情有沒有好一點了，有好幾天的時間林彩威都沒有見到對方，她實在不甘心。

她覺得周霖應該主動來找她的，可是等了好幾天卻都沒看見他的身影，最後受不了，直接闖入他的家門，卻沒有看見周霖人。

假日的時間周霖會去哪裡？她全然不知道，當看見周霖揹著背包，手上提著滿滿的參考書的時候，她才理解原來高中生活是這麼有壓力的，需要將自己浸在課本與參考書中才能考上好大學的，而她竟然像個小公主一樣的吵鬧，甚至給對方添上麻煩。

「哥哥，對不起。」她的臉垮下，眼眶中含著淚水。

周霖愣愣地看著她，經過好幾秒才想起他們先前鬧得不歡而散，這表示他根本就沒有把這件事情放在心上，也因為習慣了林彩威的任性，所以他不為意，但倒是對她的道歉有著意外。

「怎麼突然道歉？」

「我終於可以理解哥哥你不會想娶我的原因了，因為你就是把我當作是小孩子看待，我嫌班上的男生們幼稚，可是對你來說，我也是幼稚的那個人，根本沒有好到哪裡去，還這樣嘲笑別人，也難怪你不會想娶我了。」林彩威說著，一臉委屈的模樣。

周霖聽著聽著，覺得她講得話有點好笑，甚至有點可愛。

「人是會成長的，妳會慢慢改變，之後會越來越好的。」

「這樣一來，我就可以嫁給你了嗎？」林彩威期待的看著他，希望他能夠給他一個肯定，然而，周霖就只是笑笑而已。

3

「彩威，或許未來有一天，妳會遇到一位比我還要更喜歡的男生啊！」周霖對她說。

「我應該是不會的。」她撇撇嘴，淚眼汪汪，「我喜歡的是你。」

林彩威的表白他聽了好幾次，但他只把這些告白當作是家人般的喜歡，畢竟以林彩威現在的年紀，哪能明白這麼多啊？

「那如果妳之後喜歡上別的男生呢？」他挑眉。

「不會的，因為我喜歡的人就是你啊！」她依舊肯定的說，周霖只能哭笑不得。

過沒有多久的時間，周霖考上了外縣市的大學，需要搬到外縣市去，而這時候的林彩威升上國一，正式進入中學就讀。

因為周霖的大學位於南部，他只有寒暑假的時候才會回家，也因此兩人見面的時間越來越少，雖然偶爾會聯絡，但漸漸的，原本一週連絡一次，變成了一個月連絡一次，最後甚至是想到才會連絡一次。

林彩威的世界開始有著課業的壓力在，周圍的人也不再是以前那些國小同學，她不再像以前那樣想著過往的那些小情小愛，也不再一直嘮叨著說要嫁給周霖。她每天埋頭於課業之中，就為了能夠順利考上公立的高中。

而經過這些日子，她的眼神也變了，褪去以前的天真爛漫無邪，她對於人生有了新的目標，沒有以前的刁蠻與任性，已經變得比以前還要懂事些。

因為有加周霖的社群媒體，所以林彩威知道周霖的大學生活多采多姿，周霖好像參加了很多社團跟大學活動，每一張的照片身邊都有很多的朋友，可見他的人緣非常的要好。

周霖早就不是只屬於她一個人的了！這是她知道的事情，也是已經接受的事實，即使在社群媒體上看到他與其中一名女生經常有著合照，她也不會感到忌妒。

直到她最後順利考上公立高中，她只是簡單的發了訊息告知對方，而對方發送祝福的話給她。

兩人之間，從原本的熟悉，漸漸變得陌生；從原本的想見面，最後這見面漸漸變得可有可無。

高中的某天，突然想起自己在國小時候吵著說要嫁給周霖的回憶片段，林彩威不禁感到好笑，真覺得過去的自己有夠無理頭，也難怪那時候周霖不喜歡她了。

一個溫柔有氣質的女生，跟一位患有公主病的屁孩，怎麼做選擇還不明顯嗎？

某次連假的時候，林彩威與朋友出門時意外的在周霖家門口看見周霖，對方見到她的時候主動揮手打招呼，林彩威經過好幾秒才認出對方是周霖，上一次見面她有點忘記是什麼時候了。

「好久不見，彩威。」

「好久不見。」她回應，發現自己的語氣有些冷漠，趕緊咳了聲，她揚起笑容，再次說聲好久不見。

「要出去嗎？」周霖問。

「對啊！跟朋友約好要出門。」她笑著回應，突然想起前幾天從林母的口中提到周霖最近會回家一趟的事情，但她整個忘記。

明明應該，會有很多話要說的，可是卻突然不知道要說什麼才好。

明明應該，看見對方要很開心的，可是卻不知道為什麼，開心的程度低於她的想像。

在不知不覺中，周霖對她來說已經不是全部了。

從最重要的人，成了一個普普通通的朋友，原本應該要為他留下的時間，卻這樣忽略了。

「哥，你什麼時候要離開？明晚可以一起吃頓飯。」她趕緊邀約。

「可惜，我明天早上就得回去了，下次吧。」他回答。

「好。」

然而，所謂的『下次』，又拖了好久好久的時間了。

之後的時間林彩威開始準備衝刺大學，雖然周霖將自身的高中參考書全都給了她，但因為兩人相差六歲，教育部修訂的版本在期間有做過更改，而且周霖當初高二類組是選自然組，林彩威是選社會組的，她能參考的不多，可是不得不說周霖的字體很秀氣好看。

看著他的字體，林彩威不禁想起以前的片段回憶，當他高中的時候，她還是個國小沒畢業的小孩啊……

周霖大學畢業後，直接留在南部工作，他找到一家外商公司，薪水優渥，也因此能夠回家的時間更少了，幾乎只有放連假或是過年的時候可以回家。

林彩威與他之間幾乎是斷了聯絡，加上周霖工作忙碌，社群媒體也幾乎沒有在做更新了，過沒有多久，林彩威順利考上了大學。

她在大學交到了好多好朋友，參加了很多活動、社團，將大學過得精采。

在她大二的時候，與她認識一年的直屬學長跟她告白，在她高中的時候就曾經有班上的男同學與她告白，而她當時用了要專注考大學這件事情婉拒對方，現在在面對這樣的表白，林彩威感到有些臉紅，心跳不禁加快。

想起與直屬學長之間相處的種種，她感到有些竊喜，也很開心對方跟自己告白。

自國小開始經過了這麼多年，她早就明白在感情上不是喜歡就要嫁給對方，要經過相處才能理解彼此是不是想要一起攜手未來的人，以前的她，單方面的吵著要嫁給周霖，哭哭鬧鬧的好不成熟、好幼稚。

現在想想，如果自己是當時的周霖，肯定也不會喜歡自己的。

至於那什麼三十歲如果沒嫁掉就要娶她，這也只是講講的而已，她知道周霖並沒有當真，而雖然當時的她當真了，經過這麼多年，也早就把這當作是小時候的童言童語。

況且，她現在有喜歡的人了，這個人不是周霖，而是對她百般體貼的學長，學長對她很好，幾乎寵愛著她。

隔一天，她欣喜的答應學長的追求，交了人生中第一位男朋友。

她與學長在沒有課的時候便會外出去玩，一起去過了好多好多的地方，除此之外，還會在期中、期末考之前的兩個禮拜一起相約出來讀書，督促彼此，若遇到不會的問題也可以請教學長。

自己的努力加上偶爾學長的幫助之下，她在學期結束的時候順利通過學業，沒有任何一科科目被當。

寒暑假的時候，她選擇留在學校打工，替自己賺些零用錢，不再是以前會對父母伸手拿零用錢花的小鬼頭了。

在大二寒假當中，有一週的時間夾雜著過年，這幾天她是不需要打工的，因此她選擇回家過節，也就在這一次的回家再次遇到了周霖。

周霖整個人看起來更加的消瘦憔悴，與他聊天後才知道他的工作經常加班，常常忙到快要晚上十點才回家，雖然薪水優渥，但生活作息不正常，飲食也不均衡，最後他辭職了這份工作，打算回老家找份穩定的工作。

「那妳過得怎樣呢？我聽阿姨說妳交了男朋友。」周霖說。

兩人之間從什麼時候開始變了？彼此之間的消息不再是第一個知道，而是拖了好一段時間才會知曉。

「大學不就這樣子嘛！玩得很瘋外，還要顧及課業，我男朋友是我學長。」她簡單的帶過。

突然想起周霖也有一位交往多年的女友，但一直沒有親眼見過，她不禁問：「哥，你呢？你跟你女朋友之間還好嗎？」

「妳沒有聽我媽說嗎？」周霖卻反問。

「說什麼？」她問。

「已經變成前女友了，我們早就分手很久了。」

「我不知道這件事情欸！」她感到有些驚訝。

雖然以前常常闖入周霖家，但自從高中過後，就很少入他家，也很少跟周父周母聊天，周霖的近況她大多都是從林母那邊聽來的，而林母也是想到什麼才講什麼的，或許她以為自己曾經說過，因此就不說了也說不定。

「因為工作太忙碌，沒有時間陪對方，久之感情就淡了，然後就分手啦。」

他輕描淡寫的帶過。

「女生要的就是一份安全感吧！」林彩威說著，她感同身受。

「對啊！我卻連這麼簡單的事情都無法給予，我也不想替自己找藉口，事實上真的是我疏忽了對方。」他感嘆。

「下一個會更好。」她拍拍他的肩膀，給予鼓勵。

對於這小動作，周霖先是愣了一下，最後別有深意的凝視林彩威，「我一直都知道妳已經長大了這件事，但直到這瞬間才真正意識到，原來妳不只長大，還成為了一個可以安慰我的人。」

林彩威愣住，收回手，「怎麼？還以為我是以前那位屁孩嗎？」

「妳也承認以前是屁孩啊？老追著我說要嫁給我。」周霖笑著說。

「都過去這麼久了，還提做什麼啊？」她實在感到有夠丟臉的，如果可以穿越時空回到過去，她一定會對著以前的林彩威說別老說著要嫁給周霖，真是笑死人了，臉都丟光光了！

「覺得好懷念啊！」周霖笑著問。

「懷念有個屁孩嗎？」林彩威一臉無語，乾笑著說。

周霖輕笑，「不是啦！我只是懷念以前的時光，那時候無憂無慮的，沒有現在這麼多的煩惱與壓力在。小時候的我們想著要趕快長大，但長大後的我們卻想要回到以前的時光……」

林彩威看著他，故意嘲笑，「哥，你開始初老了。」

「妳啊！到我這個年紀後就知道，我是挺認老的，但不知道妳認不認老，妳們女生可是非常在意臉上的皺紋跟膠原蛋白的……」

林彩威聽了直接送他一記白眼，這人講話真是欠揍！

4

聽說，周霖最後在老家附近找了份工作，雖然偶爾會加班，但是因為是住在家裡，有家人可以陪伴，至少他不再像以前在外頭獨居一樣，辛苦工作一整天，回到家要面對的是冰冷的住處，而他也可以就近照顧自己的父母。

時間過得很快，屬於林彩威精彩的四年大學畢業了。

畢業典禮這天，除了自家父母前來以外，周霖也一起來了，林彩威感到有些意外，她沒有想到周霖會一起參加她的畢業典禮，而這天也是周霖第一次見到林彩威男朋友的日子。

林彩威的男朋友帶點幽默，雖然講話好笑但並不會冒犯他人，而且對人很有禮貌。這是周霖對她男友的第一印象，雖然自己僅僅只是鄰居哥哥的身分，不宜給太多意見，但他也是從小看林彩威長大的人，挺關心她的，見到她男友的條件，他心裡意識到：原來昔日那個愛哭泣的小女孩，真的長大了。

她變得乖巧聽話，變得成熟懂事，不再像以前那樣的任性。

「你要來怎麼不跟我說一聲啊？害我嚇一跳。」林彩威看著周霖說，覺得自己有點受寵若驚。

「這樣才叫驚喜啊！」周霖回答。

林彩威無言的看著他，笑了笑，沒錯，這真的是一份驚喜。

在她國小畢業時候，就希望周霖可以來參加她的畢業典禮，偏偏周霖當時要準備考大學，人正待在補習班裡面，不克前來參加，為此林彩威難過了好久，還哭哭鬧鬧了好幾天，最後是爸爸帶她去遊樂園玩，她才不再傷心難過。

「我還以為，在我人生中的重要場合，永遠都不會看到你的身影。」林彩威說。

每一次的期待，最後都落空，在不知不覺中她早就已經不期待他的出現了，心態經過這段長時間，早就已經產生變化。

周霖對她來說還是很重要的，但已經沒有以前那麼重要了……

「怎麼會？妳以後若結婚我也會參加的！」周霖指了指她男友的方向，「到時候我應該結婚了，無法當伴郎，派開禮車的工作給我就好。」

林彩威聽了無奈的笑了，她說：「這可是你說的哦！」

聽林母說，周霖在新公司裡面交到了新女友，曾經帶回家裡過，但那時候林彩威並不在家，因此沒有親眼見到，可是事後有關心幾句，鬧著說想見見未來大嫂的真面目，無奈之餘，周霖傳了照片給她看。

林彩威看著照片，想起周霖的前女友，還有他高中時期喜歡的那名女同學，感覺周霖喜歡的人都是外表樸素，可是卻有著非凡氣質的女生。

他真心的祝福他們，還開玩笑的說什麼時候要結婚，周霖回了她一句：八字都還沒撇。

林彩威在大學畢業後，沒有回家住，而是與男友一起在外面同居，時間一天一天的過去，如今兩人也交往了四年多，感情非常穩定。

在外面工作了兩年多的時間，某天她收到周霖的喜訊，說他要結婚了，她感到欣喜。

周霖的婚禮林彩威當然不能錯過，她先將他結婚的日子空下，日後若在這天有任何的約會都要推開，排除任何的萬難一定要去參加。

周霖結婚當天，她帶著男友一起參加婚禮，見到周霖與妻子兩人在眾人的見證下結成連理，她真的非常的開心，也替找到幸福的周霖感到開心。

「我在國小的時候，還吵著說要嫁給他。」在喜宴桌，她跟隔壁男友說起這段往事。

「那還好他現在就結婚了，沒這機會可以娶妳。」男友玩笑的說，讓她忍不住輕打他。

婚後，周霖兩人甜蜜的去度蜜月，而林彩威回到工作崗位上，與男友之間的感情也是平淡中帶點甜蜜。

男友時不時的會給她一些小驚喜，比如偶爾的假日會親自下廚給她吃，或是在一些紀念日的時候買些小禮物或是小蛋糕送她，這些事情從他們一開始交往的時候他就會做，即使交往多年，這些小驚喜他從來沒有忽略過。

男友每天都會接送她上下班，沒有一次怠惰，他對她真的非常的好、非常的體貼，自從參加了周霖的婚禮，林彩威就有幻想著自己嫁給他的模樣，那一定會是無比幸福的生活。

直到她年滿二十六歲的時候，男友跟她求婚了，她喜極而泣，在感動之餘點頭答應要嫁給他，兩人開心的一起規劃著未來，買房買車生小孩等等的事情全部都討論了起來。

「孩子最好是一男一女，湊成一個『好』字。」

「我們的車要買寬敞一點，到時候放置小孩的安全座椅後才不會覺得擁擠。」

「房子可以三房一廳，一房是主臥室，一房是書房，剩下一房留著當嬰兒室或是玩具室，如果之後小孩長大了，再把玩具是跟書房各自改成房間讓他們分開睡。」

這些種種的未來，在林彩威的腦中有了畫面，她希望總有一天這些畫面都可以實現。

然而，人生總有無常的時候。

在某天夜晚，林彩威如往常一樣的下班後在公司等著男友前來接送，卻不知道怎麼的，她已經等了快要一個小時的時間，都沒有看到他的身影，電話也完完全全的打不通。

正當她心急如焚的時候，她突然接到了男友車禍死亡的訊息，這一瞬間，她原本充滿色彩的繽紛世界頓時之間變成了黯淡無色的黑白世界。

她男友死了，而她再也回不去那快樂的時光，那些說好要一起築的夢全然粉碎再也無法實現。

處理完喪禮後，林彩威沉浸在悲傷中，如行屍走肉一樣，無心工作，只要一想到最愛的男友，她就淚流滿面，放聲哭泣。

說好的家，破碎了，已經沒有了。

考量身心狀況後，林彩威最後決定離職離開公司，同時也退了租屋處，回到家裡打算休息一陣子。她實在不敢在租屋處繼續待著，因為每個角落都有著她與男友之間的回憶在，這些幸福的回憶每當她想起，就是格外的刺痛，就好像被人挖去了心臟一樣的痛楚。

回到家裡的她，每天都把自己關在房間裡不外出，一開始什麼東西都吃不下，只是哭而已，最後稍微可以進食了，但整個人的體重瘦了將近快要十公斤。

周霖曾經現身安慰過她，而她崩潰哭倒在他的懷裡，對她來說，唯一能夠治療好她的就只有時間。

不少人前來關心她，但面對周圍那些小心翼翼的關心她卻覺得沒有必要，她知道這些關心出自於對她的擔心，卻同時也讓她回想起悲傷，於是她選擇將自己關起來，築起了一道牆，不願意接觸任何人。

只有周霖，每次出現只是打了聲招呼，接著靜靜地陪在她身邊，就算不言不語也沒有關係。

約莫過了半年左右，林彩威終於能夠出門，也替自己找了份離家近的工作，但她的個性變了，變得沉默寡言，變得不太會笑了，變得不再活潑了。

「彩威，要不要出去走走？」某天，周霖前來找她，想約她出去散散心，順便關心她的近況。

她點頭，跟著他走到家裡附近的街上，買買東西外順便散散步。

「最近怎麼沒看見嫂嫂？」她無心的問，眼神有些空洞，似乎在她身上沒有任何情緒出現。

周霖先是沉默了一下，接著嘆氣，「我們最近在談離婚。」

林彩威愣住，聲音沙啞卻帶點驚訝，「為什麼？是什麼時候的事情啊？」

「大概是三個月前吧，她被我抓到與公司的男同事廝混一起，原本要原諒，但三番兩次的都被我發現那些親密對話，見她沒有心想要與我經營婚姻，不如趁還沒有真正撕破臉的時候好聚好散。」周霖的話讓林彩威聽到了當中的滄桑感，「我已經原諒好多次了，但她似乎就是看準我會心軟，根本就沒有想要改……也罷，最後我終於決定要放手了。」

為什麼長大要面對這麼多生離死別？如果可以不要長大，那該有多好？

為什麼長大要承受這麼多的痛苦？如果可以一直當小孩，無憂無慮的生活下去那該有多好？

林彩威沒有說話，只是輕輕握住他的手，周霖知道她想給予他鼓勵以及力量，不用任何的言語，彼此就能感受彼此的關心。

該說是兩人認識這麼久而有的默契嗎？此時兩人都知道對方心裡想表達的。

長大後了解，很多很多的事情不是靠情緒發洩就能解決問題的……

林彩威突然轉了個方向，拉著周霖往剛剛的超商前進，「走吧！這時候應該買酒，把自己灌醉。」

周霖愣住，「妳什麼時候學會喝酒的？」

「這位哥哥，你還把我當成是小孩子嗎？我都二十七歲了，不能碰酒嗎？又不是未滿十八歲的女高中生，男友在世的時候，我們有時候也會喝酒，而且酒的標語是未滿十八請勿飲酒，不是未滿三十請勿飲酒。」她笑著說。

周霖看著她的笑容，最後也笑了。

5

兩人走進超商的啤酒區，伸手就拿了好幾瓶的罐裝啤酒，完全不考慮價格，看到喜歡的就拿，最後買了一大袋的啤酒走出超市。

兩人去周霖家喝，喝了一整夜，一邊喝酒一邊聊起小時候那些回不去的回憶，邊哭邊笑的。

「還記得以前說過，如果我到了三十歲還沒有嫁出去，你就要娶我嗎？」林彩威看著眼前的周霖，因為酒醉的關係，她看見了好多他的身影。

「記得啊！妳還有三年的時間，而我也離婚了，兩個湊在一起還真剛剛好。而且認識了這麼久，太熟悉對方了，連磨合都不用磨合。」

「你確定不用磨合嗎？」林彩威呵呵笑，大言不慚地說：「有很多事情需要磨合，比如接吻，我跟你沒有接過吻，還有很重要的性事也要磨合啊！像是喜歡在上面或是下面，還有姿勢等等的。」

周霖看著喝醉的她，整張臉紅通通的，到底知不知道自己在說什麼。

「彩威，妳可別在別的男人面前喝酒，太多破綻了，小心被撲倒。」就算喝醉，他也不忘提醒。

「這你不用擔心，我只在我爸、我男友，還有你的面前喝醉過，沒事沒事，你們都是最愛我的男人，也是我最愛的男人，是我最重要的人。」林彩威眨了眨眼，問：「你跟嫂嫂呢？你們之間真的不可能了嗎？」

周霖緩緩道說：「我們曾經想要努力找回我跟她之間的可能性，可是，越找越發現我跟她之間早就沒有了這個可能。」

「講話就講話，幹麼繞口令？什麼可能不可能的。」

「簡單講就是離婚協議書已經簽了，我現在可是黃金單身漢。」

這話讓林彩威忍不住哈哈大笑，「單身就單身，還加個黃金做什麼？你全身上下是黃金做的啊？會閃閃發光嗎？變值錢了？」

「妳喝醉了。」他說。

「喝酒就是要喝醉，不然幹麼喝酒？」這話聽起來好像蠻有道理的，但又好像一點邏輯也沒有。

兩人之間聊了很久，而最後的最後，林彩威倒在沙發上，直接大睡，就這樣不省人事。

也許因為酒的關係，林彩威夢到了好多好多的回憶片段，小時候的她天真無邪，總要周霖幫她拿書包，像公主一樣的刁蠻任性，被卻被大家寵愛、疼愛著，但隨著長大，她個性內斂許多，已不再任性、已懂得替對方著想，更已經懂得在自己的臉上戴上虛假的面具來迎合那些不喜歡的人。

人生有很多的變化，有時候會突如其來的無法即時招架，只能逼迫自己長大、逼迫自己變成熟、逼迫自己要勇敢點，逼迫自己來面對這些人世間的無常變化……

林彩威醒來後，發現自己人睡在周霖的床上，她起身，稍微整理服裝儀容後走出房間，周霖一個人坐在客廳，聽見聲音，抬頭見她醒後叫她一起吃早餐。

「我昨天是不是說了一堆蠢話？」她覺得有點丟臉，拿著三明治的眼神有些飄移。

「妳是啊！」周霖說：「人家說酒後吐真心，我看見了妳赤裸裸的真心。」

林彩威聽了不禁翻了白眼，正色著：「但好像說真心話的都是我，你根本沒說多少，我們應該再約下次。」

「酒別喝太多，對身體不好。」

「可是，很爽，對吧？」她的話讓周霖忍不住笑出聲音，即使長大，但她有時候依舊會露出古靈精怪的性格，這真的讓周霖感到好笑卻又沒輒。

因為兩人公司同方向，於是周霖開始開車接送她上下班，這也讓他們回憶起以前小時候總是會一起相約上學的時光，每次在車上都有好多好多的話題可以聊，抵達目的後，都會捨不得結束聊天的話題。

不自覺中，林彩威開始期待著周霖出現在她的眼前，開始期待與他天南地北的聊天，開始期待與他之間的相處。

當她意識到自己好像喜歡上周霖的時候，她有些猶豫與掙扎，雖然兩人單身，可是她內心還是有她男友的存在，她也不敢輕易的就讓自己進入下一段感情。

而且，兩人若這樣繼續相處似乎不太好，如果被他喜歡的人誤會，那她豈不是耽誤了他的幸福嗎？

她不想讓周霖誤會她莫名其妙地遠離他，直接對他坦承內心的想法，沒想到周霖卻看著她，不知道是開玩笑還是真心的說：「不然，我們乾脆交往，這問題不就解決了嗎？」

「啊？」林彩威傻住，她沒有想到他會這麼說。

下一秒周霖笑出聲，她這才知道對方是在開她玩笑。

「我們有三十之約，不是嗎？」他說。

「可是，這樣不是將就嗎？為什麼你的幸福要用將就？這樣真的可以幸福嗎？」

「彩威，『將就』是有一方不情願的情況下才成立的，如果妳我都是情願，那就不是將就了。」

林彩威一臉不信的看著他，「但你不是一直把我當成妹妹嗎？」

「之前是一直把妳當妹妹看，可是這陣子跟妳相處，在不自覺中卻有了想要照顧妳一輩子的心情，我知道妳心中依舊有妳男友，我不想給妳壓力，也沒有要妳馬上答應，但我真的很喜歡妳。」

沒想到反而被告白，林彩威雖然心中竊喜，卻不知道如何是好，見她一臉猶豫，周霖沒有說話，摸了摸她的頭，給她一個笑容。

林彩威反覆思索，如果與周霖在一起到底是好還是壞？她並不知道，但很奇怪的事情是，原本不尷尬的事情一切都變得尷尬起來了，這感覺就好像是當時與男友剛開始在一起的時候，不管做什麼事情都會忍不住臉紅心跳的。

她是喜歡他的，早就在不自覺的相處當中將對方當作是一般男人看待，而不是一位哥哥。

既然如此，那根本就完全不用思考呀！

過沒有幾天，林彩威一上車就直接對周霖說：「我已經想清楚了，周霖，我們交往吧！」說完，她卻臉麻了，一陣熱襲上她的雙頰，即使感到不知所措，但她仍要自己看著對方的眼睛。

周霖坐在駕駛座愣愣地看著她，嘴邊的咖啡殘渣忘記抹掉。

「這反應是後悔了嗎？」見到周霖的反應，她笑說。

「沒有沒有，我只是有點嚇到了，我沒有想到妳會這麼快回答我，還以為會拖個一年左右的說。」

「一年？哪會這麼久啦？」她哭笑不得，伸手去握住他的手，男人的手非常厚實，讓她有著安全感，而且上面傳來了溫度，讓她覺得好溫暖。

見到周霖嘴角有著笑意，她也忍不住笑了起來，伸出手將他嘴角的咖啡渣抹掉，彼此幸福的凝望著彼此，眼中也有著彼此的身影。

從今天開始，他們兩人的關係就不同了，不再是兄妹、不再是朋友，而是真正的男女朋友、真正的戀人。

一整天工作下來，林彩威臉上洋溢著幸福，讓周圍的同事忍不住猜想她是不是有好事發生，她這才知道自己愚蠢的在傻笑。

下班的時候，一看見周霖的車，她就開心地跳上車，看見他的車很開心、看見他的人也很開心，跟他講話也很開心，她也沒有想到自己會這麼喜歡周霖。

而且，對方也跟她有著同樣的心情，今天在開會的過程中竟然不小心傻笑發愣，還因此被主管唸了幾句。

兩人邊說邊笑起，整台車裡面充滿著幸福的泡泡，林彩威希望這泡泡永遠都不會消失。

「周霖，謝謝你一直在我身邊。」她打從心裡真心的認為。

「想謝謝的話就親一下。」周霖指了指臉頰。

「還以為你夠成熟穩重，沒想到談戀愛卻也幼稚的要命。」林彩威說，故意將他的臉推走。

「妳不是說我們談戀愛需要磨合嗎？比如親吻，或是性事方面，妳喜歡什麼姿勢？」

「問這做什麼啦？變態！」她毆打他。

「這不是我說的，是妳自己說的。」他沒有閃躲，乖乖地讓她打，根本不痛不癢的，完全就是打是情罵是愛的表現。

車子開始移動，兩人的手緊緊牽起，感覺今天一整天都像是在作夢一樣，直到這時才有真實的感覺。

當車子抵達林彩威家門口時，林彩威趁周霖不注意的時候，勾住對方的手湊近輕吻著臉頰，接著快速的跳下車，然後開心地朝他揮手道別。

對林彩威來說，她的世界原先因為男友的意外死亡而成了黑白，因為周霖無聲無息的闖入，漸漸的有了色彩出現。

周霖也因為前妻的背叛，只想要過平淡的生活，對他來說，林彩威就是能給她平淡生活的人。

兩人的交往，沒有高潮迭起，僅是平淡，這樣的平淡卻蔓延了好久好久的時間。

在交往一陣子後，他們將交往的事情告訴了彼此的家人，雙方父母得知道都相當的開心。

林母對她說：「妳小時候就一直吵著非周霖哥哥嫁不可，讓我真的擔心妳會因為他而單身一輩子呢！當妳上大學交了男友，我放心了起來，沒想到命運捉弄人——」

林彩威接著說：「是啊！沒想到命運捉弄人，我再度回到周霖身邊了。」

6

在男友過世的那段時間，林彩威感受到痛徹心扉的劇痛，這份劇痛讓她不敢再愛人了，整個人就像是失去靈魂的空殼娃娃一樣。

她也曾經想過，不如就單身一輩子，待在家中跟爸媽一起養老，過著平淡生活。

但周霖的出現，宛如平靜湖水上的漣漪，輕輕的、淺淺的，就這樣靜悄悄的走入她的心裡，在她還沒有意識到的時候，他人已經佇立在那了。

兩人交往的時候就跟一般的情侶一樣，上班偷閒偷傳簡訊聊天、休息的時候講個幾分鐘的電話，他們之間有很多很多的話題，好像聊不完的樣子。

有時候明明已經開車回到家了，車也停好了，卻因為聊天又不小心在車上多待了將近三十分鐘，時常都是因為爸媽打電話來關心，他們才回過神停止聊天。

這樣子好像真的可以聊一輩子。

因為兩家住附近，兩人時常互相到對方的家用餐，到最後兩家乾脆達成共識，直接開始輪流，週一、週三、週五下班到周家吃飯，週二、週四下班到林家吃飯，而週六跟週日兩天是兩人的約會時間，兩家長輩不敢打擾。

林彩威沒有想到最後會與周霖演變成這樣子的發展，兩家的家人們也時常一起聊天，和樂融融，既快樂，又幸福的。

可是有時候這份幸福感太虛幻，讓她覺得自己好像在作一場美夢。

夢醒了，是不是什麼都沒有了？她不禁在想。

「妳在想什麼？怎麼發呆了？」周霖的聲音打斷了她的思緒。

林彩威凝視著他，牽著他的手，感受到結實手掌上的溫度，笑著說：「偶爾的時候，我會覺得自己好像在作夢。」

「怎麼說？」

「男友過世時的那段日子，我時常夢到他，在夢到他的時候我會哭著說我夢見你車禍身亡了，然後他就會摸摸我的頭，告訴我要我別詛咒他，當我以為原來那些悲劇都是夢的時候，我醒來了，發現他不在，才知道他在我身邊的這件事其實是在作夢。有好幾次我都分不清哪邊是現實，哪邊是夢。」林彩威說。

「那現在呢？」周霖又問。

林彩威看著他，「我知道現在在我眼前的你，是真實，但這份幸福卻讓我很害怕這是一場夢。」

周霖將她擁在懷中，「是不是要做些刺激的事情，妳才會更感受到這份真實感？」

「你是指什麼？」

「我們，去環島好了。」

環島這件事情，是林彩威與男友曾經一起說要完成的夢想，當時還笑著說乾脆渡蜜月的時候別出國遊玩，就好好地待在台灣玩遍每一個城市、每一個鄉鎮，看過台灣的每一片風景，在台灣各個風景處留下屬於他們的足跡。

林彩威聽到周霖的提議後愣住，「你是真的嗎？但我們都不年輕了，我怕你的體力……」

「千萬別質疑男人的體力，否則哪天我讓妳下不了床。」周霖不知道在那裡學壞，在她耳邊講出這種煽情的話，林彩威瞬間雞皮疙瘩都出來了，她輕打他，說他討厭。

於是他們開始規畫環島旅行，短短的三天就規劃好所有的行程，然後很快的就跟公司請了兩週的長假，又隔了一個月的時間後，兩人開著車，往宜蘭的方向前進，打算從宜蘭開始玩起。

他們在台灣的每個城市、每個鄉鎮都留下了美好的回憶，吃遍所有的道地美食，走遍所有的景點，還有秘境，竭盡所能的玩遍所有的城市。

除此之外，他們甚至還做了很多瘋狂的事情，比如玩高空彈跳，或是跳傘這種極限運動。

這些極限運動林彩威打死都不會想碰的，但周霖硬是拉著林彩威一起玩，兩人綁在一起，然後一起往下跳。

過程中林彩威的尖叫沒有停止過，結束的時候她哭倒在周霖的懷中，說他很壞，故意欺負她。

周霖笑笑說：「表示現在的妳不是在夢中，我在讓妳感受現實的真實感。」

林彩威瞪著他，實在感到哭笑不得。

這兩週的時間，兩人創造出太多的回憶，好像要補足那過去錯過的那些年一樣，人生中所有的刺激、瘋狂的體驗全都濃縮在這短短的時間裡。

在最後一天的時候，他們沒有住在民宿，而是直接睡在車上，透過車窗望著天空上的無數星星，這裡沒有任何的光害，一整片的浩瀚星空直接在他們面前呈現。

看。

這浩瀚無比的景觀讓林彩威嘆為觀止，忍不住目不轉睛的一直盯著那片宇宙

「好漂亮。」她說，為這片美景已經讚嘆了好多次。

周霖的目光不是看著星星，而是看向她，讚嘆著說：「是啊！好漂亮。」

「我在說星星。」她無奈，自從交往後，她發現周霖挺會撩妹的，對女生很有一套，不知道是不是因為與別的女人曾經交往過而學來的。

「妳記得很久很久以前的廣告詞嗎？『有流星，快許願，在哪裡？』的那廣告。」

「可能我年紀太輕了，不知道那麼老的廣告詞。」林彩威當然有聽過這廣告詞，但她裝傻。

周霖無言，「我們才差兩歲而已，妳不要裝年輕。」

「哈哈，但我就是比你年輕。」林彩威故意說，見他沒有反應，說：「好啦，

其實我有看過這廣告詞，然後呢？你想跟我說什麼？你可不要——」

你可不要學廣告那樣子。

這句話還沒說完，林彩威就覺得自己的無名指被套住了，她愣了愣，看著左手上剛剛被套上的鑽戒，昏暗的車內，那鑽戒隱隱約約的在閃爍。

「周霖……」她萬萬也沒有想到周霖會選在這個時候跟她求婚。

「因為我知道妳一定會答應，所以就不用多問了吧？」他很有自信的說著，讓她哭笑不得。

這是哪門子的求婚？根本就是強行綁架，而且這一綁，還是自己的一生。

「你哪來的自信？就這麼確認我會答應你嗎？」林彩威說，總覺得如果輕易答應，好像便宜了對方。

「除非妳身邊有比我更好的男人，那我甘拜下風的退出，可是妳身邊的男人好像除了我以外，都沒有可以配得上妳的，而且沒有我對妳這麼好、沒有我寵愛妳，是吧？」

「你很愛往自己臉上貼金欸！」林彩威輕打他，周霖笑出聲。

低頭望著自己的鑽戒，林彩威覺得此刻真的很幸福，不，應該說自從跟周霖開始交往後，她沒有一天感到不幸福的，每天的她都覺得很快樂，雖然彼此偶爾會有意見不合的時候，但因為兩人都已經邁入三十歲，很多事情都是經過理性溝通解決，很少會有吵架的時候。

「仔細想了想，好像也沒什麼理由可以拒絕你了。」林彩威看著他，「倒是你，可千萬別後悔這個決定。」

「我不會後悔。」周霖說：「跟妳在一起後，我覺得自在又輕鬆，沒有任何壓力，讓我知道妳才是我想過一輩子的人。」

林彩威聽了感動，忍不住落下淚水。

氣氛使然，彼此開始互吻。

他們兩人在這個瞬間，決定互相結為連理，訂下終身，一起生活一輩子。

這兩週的旅行也就這樣畫下了句點，但是他們知道，未來之後會有更多的旅行跟挑戰迎接著他們，而他們都很期待著未來的生活。

旅行回來後，周霖與林彩威開始計畫接下來的人生規劃，雖然在規劃的過程中，兩人偶爾會想起自己之前的另外一半，周霖會感嘆，林彩威會感傷，可是他們都知道這些過去的事情要放下。

周霖還特別找了個時間，與林彩威一起去探望她男友，站在牌位前，他告訴她男友，說你心愛的女人已經有人守候跟照顧，希望你別再擔心。

周霖這個舉動讓林彩威非常感動，他並沒有要她忘記她男友，他從來不會強迫她去做她不喜歡的事情，而是體諒著、尊重著。

兩家人知道他們已經決定要結婚的這消息後，彼此都感到非常開心，本來感情就好，現在這樣子更加的親近，而且很快地就討論出結婚的好日子來。

試穿婚紗的時候，在見到林彩威穿著白紗禮服出現的時候，周霖在原地失了神，過幾秒鐘他激動流下男人淚，林彩威見到他落淚，自己也忍不住想要哭。

人生中經過了好多的風風雨雨，最後站在自己眼前的，雖然不是一開始的那個人，可是這個人卻存在了很久很久的時間，始終都是個重要的人，沒有人可以輕易取代。

「還沒結婚就哭，那結婚當天怎麼辦啊？」林彩威破涕而笑。

周霖將臉上的淚水擦掉，「妳好美。」凝望她的神情充滿著感動，自己的眼神始終都停留在未婚妻身上，片刻都不想移動。

「你也很帥。」林彩威說。

最後，林彩威果真在三十歲的時候嫁給周霖，對彼此來說，彼此的存在在不知不覺中淡化著過去那些已經結痂的傷口，不需要有任何的激情，平平淡淡就可以迎接著幸福。

這位同學有夠大隻

文：語雨

開學將近半個月了，雖然感受到些許秋意，不過只要太陽一露臉，暑氣仍然會肆虐整座小鎮，也因為這樣，晨跑者也是一副揮汗如雨的模樣。

在晨跑者當中，牽著白色大狗散步的少女尤其顯眼，頂著鮑伯頭，她擁有一張如小動物般的可愛臉蛋，身形纖細嬌小卻努力跟上大狗步伐的身影令人莞爾一笑。

陽光越來越強烈了，狗兒放慢腳步停在公園，遛狗少女旁擦了擦汗水，在洗手台打開水龍頭，潑了紅通通的小臉蛋，並掬一口水讓大狗在手掌心舔。

「但丁，我們回去吧，等一下還要上學。」

對著毛茸茸的大狗蹭了個夠，少女滿面笑容的站起身子。

「喝到天亮啦！嗯……好想吐……」「沒有泡到妹妹，連車子都不見！」「嗝，我們被丟包了啦，大哥把我們丟包了！」「噗哈哈哈，被丟包了！」

就在這時，一陣歡鬧聲傳來，只見四名年紀約二十多歲的混混走進公園，他們散發濃濃的酒味，毫不顧忌的吵鬧推擠，在公園內散步的民眾看了都不禁皺眉頭。

遛狗少女原本就十分膽小懦弱，見了明顯不是善類的混混，她臉色發白，握緊狗繩，趕緊從反方向跑開，然而，不知為何，喜歡欺凌弱小的壞蛋往往會擁有敏銳嗅覺，一下子就可以判斷誰才是下手目標，見少女往出口移動，其中一名混混快步上前，攔在少女的面前。

「唷唷，為什麼要逃跑？美眉我們一起玩好不好？」「哈哈！你講話好像老鄉土劇的壞人。」「我們被丟包了，好可憐，陪陪我們？」

見四名混混把自己包圍起來，遛狗少女臉蛋一下子失去血色，恐懼壓上她的心頭，忍不住瑟瑟發抖，顫聲說：「對、對不起……我、我還要上學……」

此時公園的民眾看著這幕光景感到非常憂心，對方沒有動用暴力，只是圍著談話，不知道該不該上前去勸阻，畢竟這是個提醒人戴口罩也會被刺死的時代。

「對對對不起……我我還要上學……美眉的聲音好好聽喔。」

一名不良份子捧著臉頰，裝腔作勢模仿遛狗少女語氣，其他同伴看了忍不住哈哈大笑，遛狗少女驚懼交加，淚水在眼眶邊滾動。

「你弄哭人家了啦，弄哭女孩子不好喔，哈哈哈。」「人家害怕了，看你好像看到蟑螂，噗哈哈哈！」「吵死人了！我可是帥哥喔，看我哄騙女孩子的手段！」「別去上學了，讀書有什麼用？跟哥哥一起玩些開心的事。」

小混混們一面大聲吵鬧，其中一名伸手向遛狗少女的肩膀，少女臉色鐵青，發出細聲尖叫，白色大狗察覺到主人有危機，向那名混混大聲咆哮，嚇得他倒退幾步，其他同伴忍不住大笑。

「吵死人了，這隻狗叫什麼叫！」

「但丁！」

面子掛不住，惱羞成怒的不良份子一腳就踢向大狗身體，大狗發出哀號聲，不良份子向前還想給牠一腳，大狗張開利牙，惡狠狠咬住對方的腿。

「啊！痛死人啦……死狗，老子捅死你！」

「不要！」

不良份子掏出蝴蝶刀，一刀捅向大狗，就在千鈞一髮之際，一顆籃球飛來，碰地一聲，將持刀的不良份子打得人仰馬翻，剩下的同夥都呆住了。

遛狗少女眼前一暗，感覺就像烏雲遮住了日頭，抬頭一望，見到了像是山脈般的背影擋在面前。

「你這家伙想要……你這這傢伙想想……！」

見同伴被打了，不良份子正想嗆聲時，發現對方是個必須仰到脖子痛才能看見臉的高壯男生，聲音不由得結巴起來。

「再怎麼樣白天拿刀出來還是有點不妙呢，你看大家都嚇到了，搞不好已經有人報警。」

那名男性講話和顏悅色，一點都看不出來是剛剛拿球砸人的兇手。

「你這傢伙是哪個堂口的？老大是誰！」

「我沒混黑社會，只是普通老百姓。」

「哈？死老百姓，今天我就教你什麼是混黑社會的！」

也許是聽對方講話一點都不可怕，這群無賴欺善怕惡的本性又起，惡狠狠的左右揮舞蝴蝶刀，下一刻手臂就被抓住了，有如鐵鑄般的握力，捏得那名小混混痛聲哀號，緊接著跪倒在地。

另一名混混見兄弟被欺負，怒吼：「混蛋！」正要衝向前，膝蓋就中了一腳，重摔倒在地，當他仰頭時，鼻孔留下兩道血痕，還來不及叫痛，眼前一黑，一張巨掌已經朝臉抓來。

「哇哇！放手！好痛好痛好痛！」「手快要斷了，還不快放手！」

見那名高大男生一手抓住一個，兩名混混任憑掙扎卻無法掙脫，剩下兩名混混都嚇呆了，哪敢上前去救人，下一刻，遠處傳來警車鳴笛聲，看來是有人打電話報警了，那名高大男性鬆手一放，兩名混混癱倒在地。

「可惡！給我記住，走夜路小心點！」

剩下兩名混混趕緊上前攙扶，往警笛聲相反的方向逃走了。

「哇，沒想到真的可以在現實聽到這種話……啊，妳沒事吧？」

此時遛狗少女終於看清楚那名男生的臉孔，發現對方意料之外的年輕，在對方溫柔的問話時，少女終於忍受不住，兩行驚懼的清淚終於滑落臉頰，直到警察到來時，她一直在原地默默哭泣，而那名男孩似乎很慌張，不斷柔聲說出安慰的話。

＊

「難、難怪妳今天中午才到，真是危險。」

紮起馬尾，那炯炯有神的鳳眼眨啊眨，拉起遛狗少女的手，急急的說：「有沒有受傷，要不要請假？暫時不要接近那個公園了……不，下次我陪小柳一起去跑步。」

「蓉枝的體力不好，大概跟不上但丁吧。」

時而體貼，時而嚴厲，又喜歡照顧人，擁有三班媽媽的綽號，就是楊蓉枝同學，嬌小的遛狗少女名叫吳小柳，模樣嬌小可愛，如小動物般的膽小怕生，這兩人是青梅竹馬，三班人盡皆知的凹凸組合。

雖然大受驚嚇，不過休息一個上午後，吳小柳就自行到學校來了。

「雖然有點可怕……不過我已經……對不起，我說謊了，其實我現在還是很怕……」

楊蓉枝將發抖的吳小柳擁入懷中，輕輕的說：「小柳是乖孩子，努力過了，現在已經安全了，不用怕了……」

「嗯，媽媽。」

「誰是媽媽啊！」

兩人對視一會兒，噗哧地笑了出來。

「能笑出來就沒事了，今晚去妳家睡，我們可以聊整個晚上。」

「嗯……謝謝……」

「怎麼了？還有其他的心事？」

「我……我……看得出來嗎？」

「妳以為我們認識幾年了，小柳沒一件事可以瞞得過我。」

蓉枝挺著胸膛，得意起來，小柳臉色微紅，嘆了一口氣，吶吶出聲：「沒道謝呢……那、那個出手幫我、我的人……」

「什麼？」

說話聲音太小，蓉枝不由得把耳朵貼過去，小柳深吸一口氣，低喊：「就是在公園站出來幫我的人，我很在意。」

「什、什麼？難道是因為被英雄救美，所以愛上人家了，那個怕男生的小柳居然……啊痛痛痛！」

蓉枝的音量有點高，小柳紅著臉用小拳頭不斷槌閨蜜的肩膀。

「那人明明出手幫我，還安慰我，可是我只會站在原地哭，我想要向他道謝。」

「原來如此，不過偶然在公園內遇到的人，要找還是有點困難。」

摸著快要哭出來的小柳腦袋瓜，蓉枝眼神忽然銳利起來，沉聲說：「不准去公園找人，誰知道那群敗類會不會為了報復在公園裡面徘徊。」

「可是……人家很介意，要、要怎麼辦？」

「真是麻煩的孩子……不然說說長什麼樣子，我在網路發帖找找看好了。」

「嗯……他長得滿年輕的，頭髮理得很短，臉長得很方正，眼睛有點小，個子長得很高……」

「個子很高啊？那算是很明顯的特徵，具體來說有多高？」

「就、就跟那個人一樣高！」

「好高！」

蓉枝鄭忙著操作手機，卻見小柳手指顫抖著，指著走廊的窗戶，蓉枝發現窗外巨大的人影，高到透過窗戶就只能看見身體，目測至少超過兩公尺，感覺就像看見大象般的巨獸在走動。

「蓉枝，就是那個人！雖然看不見臉，不過在小鎮那麼高的人大概沒第二個了！」

「真的假的？英雄救美後，馬上就在學校相遇，這是多麼老套的校園愛情喜劇套路啊？啊痛痛痛，別顧著打我，那人要走了，不是要道謝嗎？」

「等、等一下，人家還沒做好心裡準備……」

「等小柳做好心裡準備就天黑了。」

蓉枝硬是拉著小柳來到走廊，只見出現在走廊是隔壁班班導，身後果然就是在公園內挺身相助小柳的男生，此時他好奇的目光正在校舍掃來掃去。

「老師，這位是誰？」

「是蓉枝啊，這位是鄭義同學，因為父親工作緣故，今天才轉學過來。」

「正義？真是人如其名。」

「什麼人如其名？」

就在隔壁班導疑惑間，蓉枝朝鄭義伸出手，說道：「你好，我是三班的楊蓉枝，謝謝你今天早上幫我的朋友。」

「什麼？」

蓉枝近看感覺鄭義十分有壓迫感，巨大手掌又大又熱，見那張疑惑的臉蛋，又覺得對方跟小孩一樣稚嫩。

「蓉枝……」

小柳緊緊拉住蓉枝的衣擺，連耳朵都變得通紅了，這時鄭義才看見她，忍不住脫口而出：「啊，妳是今天早上的，還能來上學，沒事就太好了。」

聽鄭義關心的話，小柳只是低著腦袋瓜不斷搖頭。

「啊，遇到那種事難怪會害怕，抱歉，我太沒神經了。」

鄭義不知所措的抓抓腦袋瓜，蓉枝無可奈何的笑了：「抱歉了，這孩子有點社交障礙，她叫做吳小柳，以後請多指教。」

「這樣啊，蓉枝、小柳，請多指教。」

鄭義說著露出開朗的笑容。

「蓉枝，我很生氣，哪有這麼硬來的！」

放學後在回家路上，小柳氣噗噗的向蓉枝抱怨，蓉枝瞄一眼，反問：「那按照你的打算是什麼時候才開口？」

「那是……人家有步調……」

「按照妳的步調就算等到畢業後也沒辦法說出口吧。」

「才、才不會……不會有這種事……」

小柳越說越小聲，最後住口了。

她也知道自己就算面對普通男生也很畏怯，更何況是那種高大又有魄力的人。

「蓉枝，我、我該怎麼辦？」

「先跟他成為朋友吧，等到熟起來後，說話就不會緊張了。」

用凝重的神色面向小柳，蓉枝沉沉的開口：「小柳太怕男生了，正好就利用這次機會來適應，對方也是個好人。」

「等等，蓉枝……」

「我可不容你拒絕喔，這世界有一半是男生，當學生還不要緊，出了社會怎麼辦？」

小柳無法反駁，只有一語不發，蓉枝笑了笑，開口：「別想得太難，只要成為能夠說話的朋友就可以了，而且能和那樣高壯的人說話，其他男生也就容易開口了。」

「蓉枝，我會努力的。」

小柳將小拳頭握緊在胸前，信誓旦旦的說了。

「原來如此，情形比我聽說的還要驚險，話說回來，竟然不怕手持刀械的混混，你該不會很習慣打架吧。」

「還好啦，我從小就很高大、很顯眼，還因此被當作欺負的目標。」

翌日。

蓉枝馬上就邀請鄭義吃午餐，三人一起到了校園中庭，中庭有花園和椅子，挑了一張長椅坐下，一面吃一面閒聊，雖然說是閒聊，不過也只有蓉枝和鄭義說話，小柳只是默默吃著便當。

「騙人的吧，有誰敢欺負像你這種大塊頭？小柳對吧？」

「欸……唔，我……想……不會……」

蓉枝幾次丟話給小柳，不過小柳每次都只是張嘴含糊的說話，隨即漲紅了臉低下頭，蓉枝不由得猛嘆氣。

「沒騙人，小孩子根本不會手下留情，就是圍起來追打，我那時又不會抵抗，每次都被打到頭破血流，有段時間真的很討厭人群。」

「真是可憐啊，好乖好乖。」

鄭義裝作一副可憐兮兮的神色，蓉枝也配合的伸出手，作勢要摸摸腦袋瓜。

小柳顯得非常吃驚，無法想像高大壯碩的鄭義居然有被欺負的過去。

「後來，老爸看不下去，就讓我去學柔道，在學習中逐漸產生了自信，那些壞孩子也漸漸不敢靠過來，國小畢業後就沒被人欺負。」

「自信嗎？」

或許就是因為沒可以撐起自信的事物，所以自己才會成為現在的模樣。

見小柳握緊胸口沉思，鄭義忍不住笑了，開口說：「我覺得吳小柳同學現在最需要的並不是自信。」

「咦！意思是說，就算我擁有自信也沒用嗎？」

「欸？不是這個意──」

「喂！鄭義同學，就算是小柳的恩人，也不允許欺負我的青梅竹馬。」

「不是的……所以說……」

見小柳受到打擊，蓉枝對鄭義笑斥，午餐就這樣熱熱鬧鬧的過去了。

放學後，小柳回到家中，一道巨影撲了上來，差點將人推倒在地，那是吳家養的愛犬，名字是但丁。

「但丁，不可以，這樣壞壞！好癢，快停下來。」

托起巨犬，小柳脫下鞋子，期間但丁還在不停舔她，小柳知道愛犬還在擔心自己，所以也只是嘴上說說，並沒有強硬抗拒。

「小柳寶貝，妳回來啦，爸爸好擔心。」

「爸爸，但丁交給你照顧，我去洗個臉。」

小柳的父親張手從客廳走出來，小柳自然把懷中的但丁塞在父親懷中，小跑步躲進盥洗室。

「但丁，女兒好冷淡喔。」

摩擦著但丁毛茸茸的身體，小柳父親神色顯得有點悲傷，但丁汪地叫了一聲，前腳搭在他的肩膀上，感覺像是在說這位爸爸，忽然對女兒熊抱，這會被討厭啦。

梳起完畢後，小柳進廚房幫忙，母女做出一道道佳餚，父親拿起碗盤裝菜，一家人說說笑笑，將盤子端進餐桌。

「所以說蓉枝的作法實在太強硬了，我也覺得很困擾。」

「畢竟從小就在一起了，小蓉枝最了解妳的個性，媽也覺得這是個好辦法喔。」

「怎麼這樣……媽媽……」

「對啊，孩子的媽，我的小柳這麼害怕男孩子，如果被欺負了怎麼辦？我明天就去學校——好痛！孩子的媽，會痛耶。」

「冷靜一點，蓉枝那孩子很可靠，而且爸爸對那男孩子不是感激到流淚嗎？」

「那、那個是兩回事……唔……我知道了……」

拉住丈夫的臉頰，媽媽輕描淡寫幾句，就將失控的爸爸壓制下來，小柳忍不住笑了，她非常喜歡晚餐這段時間，雖然早上發生這麼恐怖的事，不過雙親卻沒在餐桌上提及，而是若無其事的閒話家常，但是並不代表不關心自己，小柳確定如果訴苦的話，兩人必定會擁抱自己並給予安慰，所以小柳才如此放心。

與家人吃過晚餐後，爸爸回書房工作，媽媽在廚房洗碗，小柳回憶白天鄭義的話，心想小時的自己雖然並不是有自信，不過也是笑著度過每一天，不會懼怕臨座的男生，自己究竟是從何時變成這樣呢？

在客廳的電腦內找到相簿，掀開第一頁，前面幾頁都是嬰兒小柳和父母的照片，從洗澡、餵奶和換尿布，兩個新手父母手忙腳亂，不過他們臉上帶著笑容，顯然樂在其中，令小柳看了也忍不住溫馨一笑，接著照片便是小柳學會站立之時，搖搖晃晃的走姿令父母驚心膽顫，翻到其中一頁還有另外一個嬰兒，綁著兩條沖天辮，露出活潑可愛的笑容，拉著小柳一起散步，下面標注了蓉枝和小柳攝於20XX年，蓉枝和小柳雙方家長在兩人出生前交情就很好了，照片包括兩戶家人去露營、登山，還有在溪邊遊玩，小柳臉上浮現懷念的情感，那時玩得好快樂。

小柳用滑鼠再次點擊下一頁，那照片是剛剛升上國小時的小柳，看起來很害羞，緊接著在遠足中與蓉枝玩到一整身的泥巴，回家挨了一頓罵，在升上中年級的運動會，在球類運動以一球之差輸給隔壁班級，小柳在照片留下因不甘心而落淚的光景。

之後，便是升上高年級後，第一次與自小到大的蓉枝分班，得知分班名單的隔天，小小死死抱住棉被，表現出堅決不上學的意志，與媽媽展開搶棉被大戰，被笑到肚子疼的爸爸拍下來。

在這段時期，小柳出現在照片的身影越來越少，就算有照片，照片中的小柳也是沉著一張臉，彷彿可以從照片上感覺散發的灰暗氣息。

因為升上高年級後，不只是和閨蜜蓉枝分班而已，小柳步入人生最艱難的時刻……

「怎麼了？忽然翻起舊相片，哇，這張看起來好懷念喔。」

剛剛洗完澡，散發著好聞的肥皂味，媽媽來到電腦旁，瞇著眼睛看起螢幕上的照片。

小柳曾偷偷比較過母親和其他同學的家長，母親的身材在同齡家長中維持最好，被其他人用羨慕眼光看著，不過小柳覺得母親最大的魅力，就是一舉一動都充滿自信。

小柳忍不住開口問：「媽媽是靠什麼建立起自信的？」

媽媽思索一會兒，才紅著臉說：「媽媽也只能回答是全靠對爸爸的愛唷。」

小柳有點後悔問了腦袋內滿是花田的媽媽。

清晨的巴士運行在路上，車上大部分都是學生，小柳和蓉枝也坐在上面，昨晚小柳輾轉難眠，結果頂著黑眼圈起床，走到公車站牌前還哈欠連連。

「小柳有在聽嗎？昨天一句話都沒有聊到呢，今天你要更努力。」

「是……是啊……哈啊……」

「妳不是要道謝嗎？這樣下去，到畢業都不會有成果的。」

「是是……」

「我今天先出個課題給妳，妳先……」

「是是……」

「吐葡萄不吐葡萄皮，不吃葡萄倒吐葡萄皮。」

「是是……好凍好凍，鼻要扯人家臉頰！」

見青梅竹馬睡昏了頭，蓉枝決定動手制裁，去扯那張軟軟的臉頰，小柳雙眼含淚，臉頰被拉得老長，口齒不清的揮手抗議。

「嗚嗚，蓉枝好過份喔……」

「誰叫妳都不專心，所以我剛剛說了什麼？」

「那個……噫！我、我有聽到，是課題吧？蓉枝要出功課。」

蓉枝嚴肅的點點頭，巴士正好靠站，惘嚇的手放下，牽起小柳手一起下車。

「今天課題是打招呼，中午我一樣會邀請鄭義一起吃飯，到時妳要看著他眼睛說午安，就這麼一句話。」

「不行不行，跟男生打招呼，我的心臟會破裂，會裂成十幾塊——好痛！會痛啦，蓉枝。」

「少說蠢話了！總之這個課題妳要記在心裡。」

小柳頭搖得跟波浪鼓一樣，用全身表達抗議，隨即就被蓉枝拉了臉頰。

「午安……要打招呼，說午安，要說午安。」

「吳同學上課要專心，說說這黑板上問題的答案。」

「是，午、午安。」

由於蓉枝這麼說了，小柳滿腦子都是打招呼這件事，結果上課時點名就下意識回覆了，全班忍不住哄堂大笑。

「現在才早上第二節課，喊午安還太早了，莫非肚子餓了？」

「不不不餓……」

小柳沒答出問題，滿臉通紅的坐下來，蓉枝坐在前排，回頭望了一眼，滿臉都是「這孩子到底在幹什麼？」的傻眼神色。

下課鐘響起後，出了個大糗的小柳依舊坐在座位上，羞恥的不肯移動半步，蓉枝嘆了一口氣，牽起小柳小手，半推半拉將人帶往下節課的教室。

「上課要專心喔。」

「我知道……我知道啦，可是我就是會想到中午的事嘛。」

小柳小臉蛋紅噗噗的，聲音也越來越小，有個同班男生迎面向他們走來，張口說：「楊蓉枝，老師叫妳去導師室一趟，我話傳到了。」

「聽到了，現在就過去。」

就在蓉枝和同班男生對談時，小柳將身體藏在蓉枝後面，神色顯得非常膽怯，男生無意間看了小柳一眼，小柳像是被針刺到般瑟縮。

「那是怎麼樣？明明可以很正常跟老師講話的。」

「好了，去去，話說完了就快走。」

女生看自己像是看見蟑螂的反應，這很容易讓男生受到傷害，同班男生忍不住抱怨一下，小柳登時露出畏怯的臉色，蓉枝不禁出口趕人。

「是啊，我明明可以跟老師說話的。」

「別理他，我知道，小柳也不想這樣。」

小柳幽幽說著，蓉枝淡淡的反駁。

小柳並不恐懼接觸成年男子或男童，她害怕的是年齡相近的男生。

接下來一句話都沒有說，小柳和蓉枝一起去了導師辦公室，聽老師講幾句話後，便默默的走向教室。

午休鐘聲很快就響起了，蓉枝生怕人跑了，還沒來得及等老師說下課就第一個跑到教室外，到了對方教室時，從門口一眼就看見那巨大身影，蓉枝鬆一口氣，揮了揮手，對方正在和同班同學聊天，注意到了蓉枝，便起身朝門口走來。

「那是你的朋友嗎？看起來聊得很愉快。」

「這都是托妳們的福，轉學第二天就被兩位美女邀請共進午餐，知道的人都好奇得不得了。」

「原來如此，是喜歡八卦的人。」

「蓉枝……跑好快……要等我啊！」

鄭義和蓉枝聊到一半，小柳跌跌撞撞跑過來，小臉蛋因為劇烈運動而顯得紅噗噗的。

「是你動作太慢了。」

蓉枝的體力明明比不上小柳，不過爆發力似乎遠勝青梅竹馬，兩人比賽短跑的話贏得一定是蓉枝。

等到小柳喘夠後，蓉枝對著小柳努嘴，小柳點點頭，嚥下口水，轉身面向鄭義，深呼吸了幾次，要張口打招呼。

「嗯？」

鄭義也真是有耐心，雖然不知道這兩人有什麼目的，就一直在原地等候，等著小柳開口。

要、要打招呼才行，午安，先說聲午安就好了。

「午……午……」

小柳抬頭望向鄭義，啞啞說不出話來，心跳加速到胸口產生劇痛，感覺吸不到氧氣般，眼前開始暈眩……

「小柳妹妹，吃泥巴吧！」

啪地一聲，泥巴丸子丟到頭上，小柳手護著胸和頭，被逼到操場的角落，有四名男生拿著泥巴球，一個接著一個丟到頭上、身體上，小小手臂根本擋不住泥巴丸子。

「不要這樣！為什麼要這樣？」

小柳哭喊著，不過那四名男生根本沒打算住手，一個接著一個將泥巴丸子丟到她身上，丟中頭十分，胸口是五分，肚子是一分。

這時老師趕過來，儘管被大聲斥責，那四名男生根本不在意，還趁老師不注意做了鬼臉。

「不要，放我出去！好黑，好窄，為什麼？為什麼要欺負我？」

隔天小柳又被關在掃具櫃，那些男生在外面大笑著，任憑她哭喊叫嚷，還是孩子的小柳心想再也見不著爸媽了，恐懼得用手敲打櫃門，連手都打腫了，外面的大笑聲仍然沒有停止。

「為什麼？為什麼要這樣？」

「那還用說，那當然是有趣啦。」

無論過多久，這充滿惡意的回答總是在小柳心中迴盪，淤積在心靈深處，化為一輩子都逃脫不了的牢籠。

「我……我怎麼了？」

「小柳！」

張開眼睛，小柳發現眼前是保健室的天花板，蓉枝發現青梅竹馬醒過來，凝視對方一會兒，淚水撲簌簌的掉落了。

「蓉枝，別哭，別哭啊。」

「對不起，我太勉強妳了，對不起。」

「到底怎麼了？妳不說我不知道……沒關係，蓉枝總是為我好，我是知道的，所以……別哭了。」

見蓉枝淚水不停的滴落，小柳顯得非常慌張，而青梅竹馬只是搖頭落淚，並且不斷的道歉，有好一會兒，小柳只能將手搭在她的肩膀上柔聲安慰。

等到蓉枝冷靜一點，小柳才從她那裡得知，自己在當下昏迷了，幸好鄭義手快接住身體，不然很可能重摔在地，在校醫看過後確認沒有大礙，就通知家長來接送，小柳雙親來之前，蓉枝一直守在小柳的身邊。

「這次真的很對不起。」

等到小柳媽媽到學校後，蓉枝再次低頭道歉，小柳媽媽露出和藹的笑容，笑道：「事情我已經聽小柳說過了，這次是我家小柳太沒用了。」

「可是……可是……是我……叫小柳……嗚嗚……」

「阿姨知道蓉枝為我家的孩子盡心盡力，今後還要跟小柳當好朋友。對了，妳好久沒來我家吃飯了，阿姨很寂寞呢！快笑笑吧。」

「嗚嗚，謝謝阿姨。」

小柳媽媽溫柔的將手搭蓉枝肩膀上，蓉枝點頭又露出快要哭泣的神色，小柳走到她的面前，用額頭抵住對方，柔聲說：「我的個性比較被動，所以一直很感激蓉枝拉著我往前跑。」

「小柳……」

「答應我，明天也照常跟我講話，然後幫我想想怎麼跟鄭義講話。」

「噗，這不是全推給我了嗎？」

蓉枝笑了，笑中帶淚，目送小柳母女倆離開校門。

*

吳小柳不但非常愛笑，也喜歡跟別人互動，在與朋友相處時會注意對方心情，遇見有困難的人會積極協助，是有如天使般耀眼的可愛女孩。

相反的，楊蓉枝小時候是個笨蛋班長，硬要別人遵守規矩，也愛打小報告，小學生最討厭的就是這種人，被排擠還是小事，演變成霸凌都不奇怪，幸運的是，當時人緣極佳的小柳就在身邊，所以楊蓉枝才倖免於難，這是蓉枝成長後了解到的事實。

然而，小柳就在升上國小高年級時，周圍男生逐漸對異性感興趣，不可能放過全班最可愛的女孩，無奈的是國小男生表達好感方式就只有一兩種，那群男生選擇最糟糕的一種，從此，小柳變得懼怕男生。

雖然當時分別處於兩個班級，蓉枝至今都因為當時沒辦法保護到青梅竹馬背負著很強烈的罪惡感，因此不留餘力想治癒小柳的心傷，讓她恢復到過往那開朗、積極的模樣。

在某方面，小柳跟鄭義很相像，從小就很顯眼，也因此被霸凌，只不過鄭義已經走出陰影，而小柳還困在過去。

距離小柳昏倒以來，已經過一個星期了，期間，蓉枝每天都找鄭義吃午餐，拼命想辦法讓小柳對鄭義開口，不過成效依舊不佳。

在放學後的道路上展開討論會，小柳和蓉枝兩人用著沮喪的步伐走著。

「對不起，都是我太沒用了。」

「我知道小柳拼命努力了，明天就是禮拜六，你先休息一下吧……」

「蓉枝，我會不會像你說得一樣，畢業後也無法向他道謝？」

「那只不過是我開玩笑而已，小柳別想這麼多，更何況才一個星期，如果心理創傷這麼簡單就癒合，那麼心理醫師就都失業了。」

「可是……」

「小柳，太勉強的話又會昏倒了，妳不知道那天我多麼擔心。」

面對青梅竹馬的告誡，小柳不禁咬牙，她也不想再惹青梅竹馬哭泣，可是面對無力的自己又感到焦急。

「如果說假日一起出去玩，會不會好一點？」

「小柳！」

「星期日一起去玩，到時候我要跟鄭義同學講三句話。」

「等一下！這樣小柳會死翹翹的，心臟會停止跳動！」

「才不會！而且這是我的台詞耶。」

蓉枝震驚的抓住小柳肩膀搖晃，自從昏倒事件後，蓉枝對小柳就有點保護過度，不過小柳心意已決。

「蓉枝，我、我沒問題的，一定會完成今天的課題。」

「雖然妳這樣講，不過腳從剛剛就抖得不停。」

星期日，小柳和蓉枝站在集合地點，雖然蓉枝很擔心，不過還是屈服小柳的固執之下。

過不了多久，從車站方向出現巨大身影，比周遭民眾高出一個頭的壯男非常顯眼，人人注目，對方也發現小柳和蓉枝，一面笑著揮手向她們走來。

「早安，謝謝妳們邀我出來玩，今天一整天我會充當稱職的護花使者。」

「早、早安！」

經過一個星期的努力，小柳已經可以不看鄭義的臉打招呼了，不過面對面對話仍然遙遙無期，所以小柳才覺得很著急。

「今天就是為了歡迎鄭義同學轉來學校，我們到處去玩吧。」

「感恩，雖然隔壁班同學幫我慶祝還滿怪的。」

「哈哈！不是約好不要說出來的嗎？」

「那麼這位小姐，我們今天先去哪裡？」

「總之，來去學生娛樂的好夥伴。」

「小柳，等等我。」

蓉枝和鄭義說笑著，一起走向娛樂街，小柳見狀趕緊跟了上去。

「呼呼，先唱這首也不錯，不過今天有客人在場……嗯嗯，這首好了。」

「感覺蓉枝同學很熟練。」

「因為和小柳常常來。」

「那真是期待你們的歌喉呢。」

「鄭義常來 KTV 嗎？」

「有的，跟上一所學校的朋友常來，也會一起打保齡球喔。」

「其實這附近也有保齡球館。」

「那麼下次有機會的話……」

滿懷興趣的看著蓉枝忙碌，鄭義閒話家常，在背後的小柳覺得這幕光景很不可思議，她們常常去 KTV 發洩壓力，不過通常只有兩人一起來的，畢竟小柳怕生，如果跟不是很熟的人一起，連開口唱歌都有困難，更何況對方是男生。

「好啦，要開唱嘍，就由我第一個獻醜！」

蓉枝唱了一首歡樂又逗趣的歌曲，接著鄭義唱了下一首，渾厚的嗓音震驚全場，見麥克風在他手上變得好小一隻，小柳甚至覺得有點可愛。

進了 KTV 三十分鐘，蓉枝和鄭義也各自唱了兩首，要在男生面前唱歌是有點難度，不過小柳心想自己不能待坐在這裡等到時間結束，又提不起勇氣跟鄭義搭話，只有趁著兩人都唱完休息後，鼓起勇氣拿起麥克風。

「我要開始唱了。」

在蓉枝擔心的眼神下，只聽前奏開始，小柳將麥克風捧在胸前，神色看起來非常緊張。

「哇……哇……哇啦拉！哇！」

小柳竭盡全力想要發聲，幾個短暫的抖音後，更加努力放開喉嚨，下一刻，卻發出了巨大破音，包廂內喇叭與麥克風共鳴，日光燈忽明忽暗的閃爍，桌上的玻璃壺啪地出現裂痕，「嘰！」的慘烈聲響迴盪，神色痛苦的蓉枝和鄭義不禁捂住耳朵，小柳知道搞砸了。

好想死，好想去死，如果現在有鏟子的話，就會在 KTV 地板挖洞，躲進洞度過一生。

小柳雙手掩面，坐在椅子上發出灰暗氣息，此時蓉枝正在應付來關心的店員，而鄭義不知為何坐在身邊。

「小柳同學不用難過，我和蓉枝都不是太介意，更何況今天我們是出來一起玩的，我覺得這也算是美好回憶。」

你美好，我不美好啦！

小柳像小倉鼠鼓起臉頰瞪向鄭義，鄭義見狀不禁噗哧一笑，一笑之下才察覺不好，連忙轉頭，可是卻感受到後腦杓的銳利視線，他可以輕易想像小柳像是小動物一樣張牙舞爪，完全不可怕就是了。

「小柳同學終於肯正眼看我了。」

「唔……啊嗚！」

正在生氣的小柳聽了赫然察覺，自己現在正用怨恨目光瞪向很可怕的男生，當場露出驚慌失措的神色，鄭義忍不住又笑了，覺得小柳非常可愛。

「其實我一直都很感謝你們，謝謝你們跟我交朋友。」

「欸？」

「因為妳看我嘛，長得很大隻，臉也不是很友善，雖然我自認為態度很和藹可親，不過每次分班時要融入班級都需要時間，這次轉學後，每天有妳們找我一起吃午餐、跟我交上朋友，讓大家認為我不是可怕的人，托福，我很快就融入班級了，真的很謝謝妳們。」

「欸，不是……我不是……」

不是的，我什麼都沒有做，請不要感謝我，雖然想交朋友的心不假，不過現在只是想拿你當復健工具人，而且我是個懦弱的人，連蓉枝的課題都做不到。

小柳聽了吃驚之餘，開始陷入自我厭惡當中。

「我也知道小柳同學很怕我，不過仍然一次又一次鼓起勇氣面對我，即使因為我在公園幫了妳，也是……」

「不要再說了！」

小柳站起來，蓉枝正好回到座位，見氣氛不佳，問：「怎麼了？該不會是你欺負——」還沒等蓉枝說完，小柳便開口：「是我的錯……對不起，我去洗手間一下。」說著小柳快步走出包廂。

相處一個星期，明明了解到了，這位男生跟以前讀國小時那些會欺負我、捉弄我的國小男同學不一樣，是一位誠實又溫柔的男生，就算我目光躲避、講話結巴，也會耐心的等我開口，絕不會露出嫌惡的表情。

可是……還是會害怕！

只要面對男生，腦袋就為不由自主變成空白，身體變得僵硬，發抖的嘴唇說不出話來。

明知道眼前的男生不一樣、明知道對方在危急關頭也會幫助我。

好討厭，好討厭這樣的自己！最討厭的是改變不了這樣悲慘的自己。

望向了洗手間的鏡子，看見那雙眼已經變得通紅，兩道淚痕淌過臉頰，小柳心想這副模樣絕對不能讓那兩人看見，打開水龍頭洗臉，用手帕擦乾淨，一直等到心情平復後，小柳才推開洗手間門出去。

走出洗手間，走廊另一頭傳來人聲，幾名男生互相打鬧著一面走過來，小柳心生懼意，低頭靠在牆壁旁，等待著這群男生經過。

「咦？妳好面熟喔。」

男生們其中一人與小柳對上面孔時，小柳心跳赫然開始加速，因為她無時無刻都沒忘記這張臉孔。

對方思索了一會兒，用拳頭擊掌，大聲道：「吳小柳對吧？」

「啊！噫！」小柳發出小聲驚叫。

還在就讀國小期間，小柳遭受到男生的霸凌，那時霸凌的帶頭者，就是眼前戴著頭巾的男生。

「好久不見了，真懷念，現在讀哪間高中啊？」頭巾男若無其事的接近吳小柳，他的同伴紛紛開口問：「好可愛，還不介紹來認識一下。」「你怎麼會認識這麼可愛的女孩子？」

認識可愛的女孩子似乎很有面子，頭巾男神色得意洋洋的說：「是我國小同學，小時候我還暗戀過人家。」其他人笑著紛紛起鬨，推擠那名頭巾男。

為什麼對方見到自己過欺負的人還可以笑出來？

小柳無法理解，臉龐失去血色，只是想要離開現場。

頭巾男和朋友打鬧夠了後，說道：「這麼久不見，好好聊聊吧？我們包廂在那裡！」說著抓住小柳的手。

「噫——！」

被觸碰的肌膚浮現雞皮疙瘩，小柳一陣噁心，發出不成聲的泣音，可是僵直的身體連些微抵抗都做不到，跌跌撞撞被拉著跑。

就在當下，一聲怒吼從包廂方向傳來。

「喂！你們幹什麼？」

馬尾在後腦杓飄動，鳳眼寄宿著怒火的光芒，那名少女站在走廊上，用全身表示憤怒，怒喊：「小混混！誰叫你抓她手？想搭訕的話到外面去！」

見青梅竹馬出現，小柳卻因為恐懼和噁心連聲音都無法發出，而莫名被咒罵的頭巾男原本面現怒容，聽到小柳的話，不禁凝視對方臉思索起來，接著恍然大悟道：「楊蓉枝！妳長大好多，我差點認不出來。」

見對方還抓著小柳手，蓉枝怒道：「誰啊？別跟我裝熟！放開小柳的手。」

「哈哈，蓉枝妳雖然長大了，性子還是一樣呢，真叫人懷念，是我啊，我是歐陽明，是妳們的國小同學，認出來了嗎？」

見歐陽明揚了揚眉，笑嘻嘻的說著，蓉枝愣眼一瞧，依稀從眉目間見到昔日那小惡霸的影子。

「是啊！我認出來了，當年就是你這兔崽子欺負小柳欺負得最狠！」

蓉枝說著伸手要奪回小柳，歐陽明拉著小柳退後幾步，躲開蓉枝的手，笑嘻嘻的說：「啊，我想起來了，那只不過玩玩而已。」

蓉枝聽了反胃，怒喊：「丟泥巴丸子丟到小柳流血算是玩嗎？把她的課本塗鴉還寫威脅字句算是玩嗎？在樓梯故意用力推人，害小柳差點摔斷骨頭也只是玩玩而已嗎！」

「哈哈！你好過份喔，竟然這樣欺負女孩子。」

「我知道，我知道，是小學特產，欺負喜歡的女生！」

「就說只是玩玩，那時我們年輕愛玩嘛，也許過份了一點，我已經在反省了，原諒我吧。」

背後那些人哈哈大笑，歐陽明單手做了一個抱歉手勢，當然這一群人的臉上連感到絲毫歉意都沒有，蓉枝神色越來越怒。

施暴的人往往都不會記得受害者，受害者痛苦、難過的樣子如船過水無痕，不會在他們心裡留下任何回音。

蓉枝早就了解了，這群人永遠不會反省，永遠不會知曉自己是多麼罪孽深重，即使說明小柳被霸凌到出現心靈創傷，到現在連跟同齡男孩子講話也會怕，他們大概也只會一笑而過。

「沒話跟你們這群混混說，小柳手不是人渣可以碰的，趕快放手之後給我從哪邊的頂樓跳下去！」

見小柳臉色越來越蒼白，瑟瑟發抖，深陷恐懼之中，而對方無論如何都不放開小柳，蓉枝惡狠狠瞪視歐陽明，忍不住破口大罵。

「哇，這位小姊姊說話好狠毒，果然是班長角色，好好玩，妳會不會說你們這群臭男生，打掃的時候不要玩啊？哈哈哈！」

見蓉枝越來越憤怒，三名小混混不但沒害怕或退縮，反而肆意的大聲嘲笑起來，而其他路過的 KTV 顧客眼見情況不妙，開始議論紛紛。

「哎唷，看來引起騷動了，這裡不好說話，我們一起到包廂去玩吧，很久沒有見面了，要聊得事情好多。」

「對，一起玩吧，阿明的朋友也是我們的朋友，一定很有趣。」

歐陽明抓著小柳手，一群人浩浩蕩蕩就往回走，蓉枝見這群人無法無天，當下真是憤怒到失去理智，搶上前一步，用力一揮，啪地大響，結結實實打了歐陽明一耳光。

「誰跟你們是朋友？我們討厭你們，不會跟你們一起玩，跟不懂人話的猴子說再多也不會覺得有趣，明白的話就趕緊把手給放開。」

大概是嚴厲的語氣嚇著眾人，霎時現場一片沉寂，但過不了多久，歐陽明的兩名同伴噗哧一聲笑出來，手指著歐陽明哈哈大笑。

「手掌印！噗哈哈哈，我第一次看見有人臉上浮現掌印，哈哈哈！」

歐陽明看向走廊的鏡子，果然發現臉上有著巴掌印，此時火辣辣的感覺從臉上傳來，他才明白自己被打了。

「被甩了，你被甩了！我沒見過這麼好笑的事，笑死我了，肚子好痛啊！」

「太好笑了，明天我要去學校宣揚，不知道禮拜一掌印會不會消失，先讓我拍張照片再說。」

其中一名混混拿出手機就要朝歐陽明臉上拍照，下一刻就被歐陽明的手拍開，那名混混用驚訝的眼神望著對方。

「煩死人了！瞧不起人嗎？啊！好久沒打過架了，是不是想試試看？」

從相遇到現在，總是笑嘻嘻的臉龐失去從容，歐陽明大聲咆哮起來，見其他客人出包廂張望，一下子露出勃然大怒的神色，用力踢翻走廊的垃圾桶，怒吼：

「看什麼看？再看把你眼珠挖出來！」

像這種小混混不知為何自尊心特別高，可以去嘲笑別人，不過一旦覺得被嘲笑就會惱羞成怒，像是新聞上常常報導被按喇叭、被超車，甚至只被看了一眼就會成為行使暴力的藉口，就是因為心底自卑感被刺激而使然。

「臭三八！國小同學給妳面子而已，妳他媽就當我是紙老虎是不是？」

「好痛！放手，你這小鱉三！」

歐陽明粗暴的一把抓住了蓉枝頭髮拉扯，蓉枝痛聲掙扎，接著啪地一聲，嬌嫩的臉蛋也浮現掌印。

「你打我，小鱉三！你竟然打女人。」

「打女人又怎麼樣？我高興打就打——痛！三八，竟敢抓我！」

在包廂走廊兩人開始互相拉扯叫罵，然而，蓉枝力氣又怎麼比得過小混混呢？只見歐陽明很輕易用單手將蓉枝壓在牆上，。

「放手，好痛啊！放手！」

是誰在叫痛？蓉枝？

此時本來因為恐懼而無法思考、只會畏怯發抖的小柳聽見了聲音，睜眼一瞧，赫然發現青梅竹馬雙手被壓在牆壁上，單方面被施加暴力的場景。

蓉枝！得去救她！好可怕！她是最重要的青梅竹馬！同齡的男生好可怕！又會對我做過份的事！又要被扔泥巴丸子了，可是蓉枝被打了！裙子會被脫下來剪破！

霎時，各式各樣的念頭在小柳腦袋瓜瘋狂打轉，其實歐陽明早就放開她了，可是小學時的陰影仍覆蓋在心靈，明明想要立刻去救青梅竹馬，可是雙腳無法動彈，只能眼睜睜看著眼前的暴行。

蓉枝，蓉枝！不可以！為什麼男生都會做這麼過份的事？

我討厭男生！

「快道歉！竟然看不起我，信不信我弄花你的臉蛋！」

面對歐陽明的恐嚇，蓉枝反瞪回去，瞄了小柳一眼，呸地吐了口水到對方臉上。

只有小柳明白蓉枝那瞄過來一眼的意義，那是要自己逃開的眼神，完全無視當下的險境，青梅竹馬只是要自己趕快逃跑。

「臭三八！你自找的！」

歐陽明暴怒，同時也揮動了握緊的拳頭。

好可怕，好害怕！不行了，我救不了蓉枝……不！難道就這樣眼睜睜看著蓉枝被打嗎？

不要！

等到察覺時，小柳已經邁開腳步往前，就在歐陽明拳頭要打中蓉枝臉的當下，小柳用肩膀撞向對方，歐陽明猝不及防，硬生生被撞倒在地。

「小柳怎麼這麼亂來！」

蓉枝抓住小柳手想把人拉到身後，相反的小柳即使怕到淚流滿面，雙眸仍然直視著歐陽明，大聲道：「我從國小就一直很討厭你，光是聽到聲音就覺得噁心，現在給我離開，不准你再傷害我的朋友！」

小柳能說出這番話是鼓起多大的勇氣，現場只有蓉枝一人知道。

「小柳！小柳！」

我覺得吳小柳同學現在最需要的並不是自信。

蓉枝忽然想起了以前跟鄭義一起吃中飯時，他所講過的話。

「原來是這樣，最重要的不是自信，而是想要行動的決心……」

就在蓉枝感悟時，歐陽明站起來了，終究是女孩子的力氣，沒受什麼大傷害，只不過在朋友面前丟了面子，他臉色有如火山爆發般的難看。

「兩個臭娘們都覺悟了吧？今天我要弄死你們！」

我已經有決心，而且行動了，所以絕不後悔。

含淚看著歐陽明，小柳死命睜著眼睛，用堅定的腳步站在原地，伸手和蓉枝緊緊抱住，等待揮過來的拳頭。

千鈞一髮之際，拳頭猛然被抓住了，如一大片烏雲，走廊燈光被那雄偉的背景遮住了。

「竟然對女生揮拳，真是令人不敢恭維。」

「啊！你是誰？敢多管閒……痛痛痛！放手！快放手！啊啊啊啊！」

看似粗壯的手臂被那大掌一握，有如被鐵銬牢牢夾緊，歐陽明發出了沒出息的哀號聲，完全沒有抵抗餘地。

「可惡！你們兩個還呆呆看著幹什麼？還不快點上！」

歐陽明含著淚水朝兩位同夥怒吼，見朋友身陷危機，本來應該向前援手，不過所謂物以類聚，就像蓉枝和小柳之間有真摯的友誼，歐陽明身邊也只有狐群狗黨，見來者擁有叫人瞠目結舌的高大身材，單手制住只有蠻力的同伴，逃跑都來不及，還叫他們上前對抗，根本不可能。

「有意思，就讓全運會高中組一百公斤量級柔道亞軍的我作為對手吧！」

見兩人害怕不前，鄭義露出猛獸般的笑容，接著迴身一轉，歐陽明還來不及反應時，已經被背起來，緊接著頭上腳下，高高的倒轉過來。

啊！我要死了！

以為要摔在堅硬水泥地的一剎那，這句話在歐陽明腦海中浮現，緊接著啪一聲，腳好好的站在地上，又騰騰倒退幾步，才摔倒在走廊。

原來柔道高手在過肩摔時，可以控制讓對方是以屁股或背部來著地，讓身高差距非常大的歐陽明用腳來著地，對鄭義來說簡直是輕而易舉。

「把這個鬧褲子的傢伙抬走，還是你們要嚐嚐我真正的過肩摔？」

「哇——！怎麼可能贏得了！」

「可惡！你們兩個混蛋！」

見飽受驚嚇的歐陽明褲腳已經滲出尿水，兩名不良仔直接拋棄夥伴逃跑，歐陽明也拖著發軟的腿趕緊離開。

「好可怕……哇！蓉枝，我好怕喔……」

見危機過去了，小柳膝蓋一軟，靠在蓉枝身上，開始哇哇大哭，蓉枝也含淚抱住閨蜜，顫聲說：「真是的，以後不可以這麼亂來。」

小柳抽抽噎噎的答道：「嗚嗚，蓉……蓉枝才是亂來……」

「小柳同學，對不起，我來晚了，不過我都看見了，妳非常勇敢。」

等到小柳和蓉枝心情平復一點，鄭義誠摯的說：「真正的勇敢不是什麼都不怕，而是在恐懼中仍能夠勇往直前，為了朋友妳連面對最害怕的男生都能挺身而出了，只要記住這種心情，以後就無所畏懼。」

「即使說得再好聽，仍然不能改變遲到的事實，罰你等一下必須請客。」

蓉枝臉上兀自掛著淚痕，不過已經可以說笑了，連鄭義也佩服起來，這時KTV附近傳來警笛聲，就在門口停下來。

「有人報警了，我去向警察解釋幾句，妳們受到驚嚇，先回包廂吧。」

注視鄭義轉身離去的背影，小柳心中像是被觸動了，起了陣陣波瀾。

現在的話，我能夠說出口。

「蓉枝……」

「我知道，妳去吧。」

還沒等到小柳開口，蓉枝就已經回答，小柳笑著點頭，邁步朝著鄭義的背後追過去。

國家圖書館出版品預行編目資料

相約三十／安塔 Anta、君靈鈴、倪小恩、語雨　合著
—初版—
臺中市：天空數位圖書　2023.05
面：14.8*21 公分
ISBN：978-626-7161-63-0（平裝）
863.57　　112008665

書　　名：相約三十
發 行 人：蔡輝振
出 版 者：天空數位圖書有限公司
作　　者：安塔 Anta、君靈鈴、倪小恩、語雨
編　　審：品焞有限公司
製作公司：廣緣有限公司
美工設計：設計組
版面編輯：採編組
出版日期：2023 年 05 月（初版）
銀行名稱：合作金庫銀行南台中分行
銀行帳戶：天空數位圖書有限公司
銀行帳號：006—1070717811498
郵政帳戶：天空數位圖書有限公司
劃撥帳號：22670142
定　　價：新台幣 380 元整
電子書發明專利第　I　306564　號
※如有缺頁、破損等請寄回更換

TEL　：(04)22623893
FAX　：(04)22623863　　MOB：0900602919
E-mail：familysky@familysky.com.tw
Https　://www.familysky.com.tw/
地　址：台中市南區忠明南路 787 號 30 樓國王大樓
No.787-30, Zhongming S. Rd., South District, Taichung City 402, Taiwan (R.O.C.)